Kristina Dunker

Ins Blaue hinein

Kristina Dunker

Ins Blaue hinein

COPPENRATH

MIX
Papier aus verantwortungsvollen Quellen
FSC® C014496

5 4 3 2 1

ISBN 978-3-649-66988-3

Text: Kristina Dunker
Covergestaltung: Irmela Schautz
Lektorat: Frauke Reitze
Satz: Helene Hillebrand
Printed in Germany

www.coppenrath.de

Das ebook erscheint unter der ISBN 978-3-649-62525-4.

Für Paul L. Janssen

1

Die obersten Zweige der Bäume schaukeln im Fenster, als winkten sie mir zum Abschied. Hausgiebel ziehen vorbei, Tauben, dann blaue Schilder. Wir fahren: Mama lenkt das Auto, ich liege auf der Rückbank.

Mama möchte mich wegbringen, ich möchte bleiben. Mama ist nach einer kalten Dusche und zwei Tassen Kaffee wach, ich habe geweint und bin müde.

Ich hab's immer gemocht, während langer Fahrten träumend in den Himmel im Seitenfenster über mir zu schauen. Vorne sprachen leise Mama und Papa, draußen änderte sich die Landschaft, aus Tag wurde Nacht – nur die Lichtspiegelungen, die unser Radio auf die Scheibe warf, blieben gleich. Der blaue Mond des Lautstärkerädchens und das Sternbild des Displays begleiteten mich.

Heute früh bleibt das Radio aus.

Papa ist nicht mit dabei, und Mama weiß, dass ich unglücklich bin.

»Merle, freu dich doch, du fährst in den Urlaub!« Sie streckt den Arm nach hinten, versucht, mir einen Klaps zu geben, erreicht mich aber nicht. Sie ist nicht so beweglich wie sonst, was daran liegt, dass sie bald nicht mehr nur meine Mama allein sein wird.

Eine Kurve.

Ich werde gegen die Lehne gedrückt, richte mich lieber auf. Wir fahren auf die Autobahn. Längs davon Felder, buttrig gelb und sommergrün unter wolkenlosem Himmel. Auch Mamas Augen im Rückspiegel strahlen blau. Es wird ein heißer Tag werden, so einer, bei dem die Luft über dem Asphalt flirrt und wir bei Chiara den Rasensprenger aufstellen. Zum Kreischen und Radschlagen – so eine prickelnde Tröpfchendusche auf weich getrampeltem Matschrasen!

In diesem Sommer habe ich sogar einen ganzen See zum Abkühlen. Chiara nicht. Mit ihr und mir ist es leider nicht mehr so wie früher, und jetzt muss ich auch noch weg. Ich will nicht.

Mamas Hand sucht meine. Ich reiche ihr nur den Zeigefinger; das ist zehn mal mehr, als sie erwarten kann.

»Wird schon«, sagt sie.

»Was?«

»Alles!«

Ich lasse einen Seufzer hören, der sich nach ausgehendem Staubsauger anhört. Mama lacht, das Auto schnurrt, die Sonne steigt höher und bricht durch die Windschutzscheibe. Ich blinzle. Bevor mir die Augen zu tränen beginnen, mache ich sie lieber zu. Schläfrig. Werde hoffentlich nicht von einem Salzsee träumen.

Wir biegen auf einen Rastplatz, rollen an Lastwagen und Picknicktischen aus Beton vorbei. Auf dem ersten liegt Müll, auf dem zweiten ein trauriges Tier.

»Ach, was machst du denn da so allein?«, rufe ich und spüre, wie mein Herz förmlich über den hässlichen Parkplatz hüpft und dem leuchtend grünen Plastiktier zufliegt. Der arme Kerl sucht dringend ein neues Zuhause ... genau wie ich.

Mama hat es glatt übersehen, dabei handelt es sich um ein wirklich stattliches Schwimmkrokodil.

»Musst du auch zur Toilette, Merle?«

»Das wurde ausgesetzt, Mama!«

Sie schaltet den Motor aus, wirft einen unwilligen Blick zurück. »Na, es wird wohl jemandem gehören.«

Blödsinn! Kein Kind würde sein Spieltier hier allein lassen, zumindest nicht freiwillig.

Mama runzelt die Stirn, ich ebenfalls. Sie wird nicht erlauben, dass ich es mitnehme. Dabei ist es groß genug, um zwei Personen einen Sitzplatz zu bieten. Wie ein kleines Boot. Wahrscheinlich noch nass vom letzten Seeabenteuer.

»Du musst also nicht?« Mama denkt immer zuerst an das Praktische.

Deshalb sind wir ja überhaupt losgefahren, weil es »unpraktisch« ist, wenn ich beim Umzug dabei bin. Angeblich würde ich mich auf der Baustelle nur langweilen. Stimmt überhaupt nicht: Ich finde halbe Häuser richtig spannend, die noch nicht fertigen genauso wie die schon verfallenen. Mit Chiara und ihrem Bruder bin ich vor ein paar Monaten sogar heimlich in ein Abbruchhaus geklettert. Es macht Spaß zu schauen, was da noch für scheußliche Tapeten an den Wänden kleben und was von den Bewohnern sonst so übrig geblieben ist. Ich stöbere gern in alten Sachen und habe dabei sogar schon eine Spieluhr mit roten Holzpferdchen gefunden. Die steckt längst in einer Umzugskiste. In einer, auf der »Mama« steht, denn ihr habe ich meinen Fund geschenkt.

Und jetzt habe ich wieder etwas Tolles entdeckt: ein Krokodilsboot!

Mama steigt aus.

Mein Entschluss steht fest. Meine Gedanken rasen. Unser Auto ist groß, das ist gut. Doch der Kofferraum ist voll, da krieg ich das Krokodil aufgepumpt nicht rein. Hinter den Sitzen ist mehr Platz. Aber was, wenn Mama es entdeckt? Ihren Seidenschal drüber ausbreiten? Nicht gut. Die Luft rauslassen? Dauert zu lange. Ich will es aber haben!

Also los.

Das Krokodil wartet schon, schaut mich mit seinen großen runden Comicaugen hoffnungsfroh an. Ein pausierender Lasterfahrer sieht mich auch. Er schnippt seine Zigarette weg und steuert aus der anderen Richtung auf das Krokodil zu. Wir erreichen es im gleichen Augenblick.

»Moment mal«, sagt er von der gegenüberliegenden Tischseite. »Das kannst du nicht einfach so mitnehmen!«

»Warum nicht?!«

Weit und breit ist keine Familie, kein Kind zu sehen; niemand da, der einen Anspruch darauf erheben könnte. Ich ergreife die glatten grasgrünen Tatzen. Leicht ist so ein Schwimmtier ja, aber dieses lässt sich leider nicht einfach in Besitz nehmen, denn der Mann hält die Hinterbeine fest.

»Weil ich mich mit dem Kollegen schon angefreundet habe.

Der liegt seit gestern Abend hier, und ich frage mich die ganze Zeit, ob ich ihn nicht als Maskottchen in meinem Truck mitfahren lasse.«

»Nein, ich nehme es!«

Ich ziehe am Krokodil. Doch ein Ruck von dem Mann, und ich lasse lieber los, sonst liege ich gleich auf dem Tisch.

Der Lasterfahrer lacht überlegen und verschränkt die Arme vor der Brust. Sie sind muskulös und Furcht einflößend tätowiert. Die Haut ist komplett von einem dunklen Gestrüpp aus Rosen, Spinnen und Totenköpfen überwuchert; es sieht aus wie ein Urwald voller fleischfressender Pflanzen.

»Das ist ein Kinderboot!«, rufe ich verzweifelt. »Sind Sie etwa ein Kind? Fahren Sie an einen See? Sind Sie traurig und verlassen?«

Die letzte Frage überrascht ihn. Er sackt ein wenig in sich zusammen, reibt sich die Augen. Ob er sich manchmal vor seinen eigenen zugewachsenen Armen erschrickt? Morgens vorm Spiegel, wenn er noch nicht ganz wach ist? Ob er dann denkt, der schwarze Skorpion da, darauf hätte ich lieber verzichten sollen?

»Verlassen?«, wiederholt er jetzt.

Ich nicke und nutze die Chance. Schnappe mir die Beute und flüchte. Ich will das Boot jetzt noch dringender besitzen als zuvor!

Auch das Krokodil weiß, zu wem es besser passt: Während ich laufe, drängt es sich an mich, nimmt mir, unhandlich und rutschig, wie es ist, in seinem Überschwang die Sicht und malt mit seinem grasigen Unterbauch grüne Streifen auf mein T-Shirt.

»Zwei Freunde fürs Leben!« Der Lasterfahrer hinter mir lacht wieder, jedoch so, als würde er über eine Holperstrecke fahren. »Aber im Leben wird man verlassen, das weißt du schon, du kleines Raubtier, ja?!«

Kleines Raubtier?

So hat mich noch niemand genannt. Die Worte schmecken intensiv süß und zugleich etwas streng, wie bittere Orangenmarmelade. Ist etwas falsch an ihnen?

Neuerdings bin ich mir nicht mehr sicher, welchen Wörtern ich über den Weg trauen kann. Überall tun sich Fallgruben auf. Letztens hat die ganze Klasse über mich gelacht, als ich erzählt habe, dass ein gestörter Köter dem Hund meiner Tante den Schwanz abgebissen hat. Dabei war das eine Tatsache!

Ich bin froh, das Auto zu erreichen. »Wir haben's gleich geschafft«, rede ich dem sonnenwarmen Grüntier zu und schon hat's sich gedreht und schlüpft mit dem Kopf voran auf die Rückbank.

Doch Mama naht mit energischem Schritt und packt das Ungetüm. »Was hab ich dir gesagt, Merle?«

»Gar nichts«, protestiere ich und stelle mir vor, wie das arme, ausgestoßene Krokodil verzweifelt versucht, sich an den Sitzen festzuhalten. Keine Chance, es hat nicht mal Krallen! Nur andeutungsweise Zähne – dafür aber aufgemalte Zacken.

»Dieses schmutzige Teil kommt mir nicht mit!«

»Das hast du nicht gesagt!«

»Das konntest du dir aber denken.« Sie stampft zornig mit dem Fuß auf. »Mensch!«

Wenn meine Mutter mich darauf hinweist, dass ich weder

Tier noch Pflanze bin, sondern der Gattung der zweibeinigen Alles-besser-Wisser angehöre, ist höchste Vorsicht geboten. Es ist sozusagen eine letzte Warnung an meine Vernunft.

Normalerweise würde ich nun klein beigeben.

Aber heute nicht.

Ich wollte nicht umziehen und ich wollte während der Ferien nicht abgeschoben werden. Dann will ich jetzt wenigstens das Krokodilsboot. Es ist praktisch und außerdem genau wie ich: verloren und traurig. Schon wie es den Kopf unter meine Jacke schiebt, die auf dem Sitz liegt!

Nein, ich gebe es nicht her. Ich habe etwas riskiert, hab es vor dem tätowierten Trucker gerettet und vorm Verrotten an der Autobahn. Ich bleibe lieber selbst hier und verrotte, oder ich kriege einen Schreikrampf, dass man es bis zur nächsten Abfahrt hört!

»Bitte, lass es mich behalten! Es ist gar nicht so dreckig und am See werde ich's sofort waschen. Hier hinten ist auch genug Platz für uns zwei. Du hast doch sowieso gesagt, es ist nicht mehr weit.«

Mama öffnet den Mund, aber ich spreche schneller und lauter als sie: »Außerdem braucht es dich gar nicht zu stören, denn du gibst mich ja nur ab und fährst dann gleich wieder.«

»Merle«, sagt sie sanft, »meinst du nicht, du bist zu alt dafür?«

Pffff. Das ist ein Argument, dem ich so schnell nichts entgegensetzen kann. Schließlich werde ich bald schon dreizehn und befürchte ja selbst, dass ich mich blamieren könnte. Wie neulich auf Tessas Geburtstagsfeier: Da habe ich mich beim Wettschminken als Schamanin eines unentdeckten Dschungelstamms angemalt – das war eine denkbar schlechte Idee. Seitdem kritisiert Tessa mich dauernd. Sie sagt zum Beispiel, ich würde mein Pausenbrot wie ein Bauarbeiter halten; keine Ahnung, wie sie das meint und warum sie sogar meine Ringelsocken zu bunt und kindisch findet. Ich würde sowieso viel zu oft Geringeltes tragen, sagt sie, ein Streifenhörnchen sei ich, und das finden alle witzig, auch Chiara. Aber Chiara will, glaube ich, jetzt sowieso lieber mit Tessa befreundet sein.

Das alles weiß Mama nicht, aber vielleicht ahnt sie's. Sie murmelt: »Du bist doch kein Baby mehr«, und zerrt das Krokodil von der Rückbank. Seine Schnauze streicht an meinen Beinen vorbei, lässt dann Mamas Schlüsselbund klappern. Der Anhänger ist ein plüschiges rosa Schweinchen.

»Und was ist das?«, rufe ich und zeige darauf. »Bist du nicht auch zu alt dafür?«

Mama stutzt. »Das hat mir Papa geschenkt als Glücksbringer fürs Baby. Das ist doch was ganz anderes, das ist ein nettes, kleines ...«

»Und das hier ist ein nettes, *großes* Boot. Damit kann man mehr anfangen als mit dem Stoffschwein da, von dem du zuerst gesagt hast, dass es deine Handtasche verstopft. Das Boot hab ich mir selbst geschenkt. Einer muss sich ja um mich kümmern, wenn du dich nur um dein neues Baby kümmerst.«

Mama erschrickt. Dabei müsste sie wissen, dass *Baby* momentan ein Reizwort für mich ist. Um das Baby dreht sich alles.

Nur wegen des Babys ziehen wir um.

Und das Baby macht mir auch noch aus anderen Gründen

Bauchschmerzen. Ich habe Angst, dass sich etwas ändern wird zwischen mir und meinen Eltern. Besonders zwischen mir und Papa.

»Bitte, tu, was du willst!«, sagt Mama beleidigt (und vielleicht auch ein bisschen traurig).

Mit rotem Kopf stopft sie das Krokodilsboot wieder auf die Rückbank, marschiert ums Auto herum und befiehlt mir, mich anzuschnallen. Den Rest der Fahrt würdigt sie mich keines Wortes mehr.

2

Bei der Ankunft herrscht noch immer Schweigen zwischen uns. Das ist nicht gut, denn ich wollte Mama überreden, wenigstens eine Nacht noch zu bleiben. Damit ich mir nicht so abgeschoben vorkomme.

Genauso fühle ich mich aber, zumal Mama »So, Endstation« sagt, bevor wir unter den Nadelbäumen ruckelnd stehen bleiben. Dass es Nadelbäume sind, kann ich riechen, als Mama die Tür öffnet und erleichtert »Ah!« macht.

Nadelbäume riechen an heißen Tagen irgendwie besonders intensiv nach Wald, finde ich. Sehen kann ich gerade nicht so viel, was vor allem an meinem voluminösen Fundtier liegt, in dessen Flanke ich meine Nase drücke, als sei sie der Stöpsel, der das Loch zum Aufpusten verschließt. Ich stelle mir vor, wenn ich meine Nase wegnehme, entweicht die ganze im Krokodil gesammelte Luft auf einmal, und das Ballonboot schießt aus dem Auto, um Mama umzuschubsen. Dann würde es weitersausen und dabei kleiner und immer kleiner werden und schließlich zwischen den Bäumen verschwinden, wo es noch ewig lang umhersirrt, hummelgroß maximal. Eine

Hummel fliegt auch hier gerade herum; ich kann sie nicht sehen, aber dafür hören.

»Anja! Wie schön! Komm, lass dich drücken!«

Die helle, singende Stimme ist Omas. Eigentlich wird sie bloß die Oma des Babys sein, von mir ist sie streng genommen nur Adoptivoma. Ihr Sohn Nikolaus Kuchendorf ist zwar »mein Papa«, aber nicht mein leiblicher. Als ich zwei Jahre alt war, hat er Mama geheiratet und mich adoptiert. Die Frage ist, ob seine Eltern mich damals automatisch mitadoptiert haben?

Ich zähle die Zacken auf dem Krokodilsrücken: Gerade Summe heißt Ja, ich gehöre dazu, ungerade ...

Jemand klopft ans Fenster. Adoptivoma oder -opa?

»Was ist denn da drin?«, ruft eine unbekannte Stimme. »Ist das etwa ein Drachenboot? Hammerhart! So was wollte ich auch immer haben! Damit können wir bis zur Pirateninsel paddeln!«

»Ja, Felix, das könnt ihr sicher machen, aber jetzt lassen wir Merle erst mal ankommen, hm?«

Opas Stimme ist so leise, wie ich sie in Erinnerung habe. Immer, wenn ich ihm und Oma begegnet bin, hat er viel gelächelt, aber nur wenig gesprochen. Er ist fast etwas schüchtern. Heute kommt mein Adoptivopa mir außerdem ein bisschen älter, dünner und durchscheinender vor. Seine Augen sind ganz hell, wie der Himmel am Morgen. Lächeln tut er, zaghaft.

Der fremde Junge dagegen ist sommerbraun und leicht rundlich. Als ich die Tür öffne, springt er vor Freude wie ein Flummi in die Höhe.

»Hallo, Merle, jetzt komm endlich raus aus der heißen Blechkiste!«

»Felix«, sagt Opa wieder, diesmal etwas strenger. »Das ist *unser* Besuch. Wir haben lange drum bitten müssen, dass Merle bei uns Ferien macht. Du musst also warten, bis du mit dem Begrüßen an der Reihe bist.«

Felix lacht.

»Okay. Zuerst die VIPs.« Er zwinkert mir zu und lässt Opa den Vortritt. »Ich freu mich auf unsere Fahrt mit dem Panzerechsenboot!«, fügt er aber noch hinzu.

Hilfe! Warum hat mir niemand etwas von diesem Wirbelsturm von Jungen gesagt? Was macht der hier? Ich bin nicht darauf eingerichtet, mich mit einem dicklichen, dauerredenden Jungen auf mein Krokodil zu quetschen.

»Das ist unser Nachbar.« Opa wirft mir heimlich einen um Verständnis bittenden Blick zu. »Felix ist wie unser Hirtenhund früher, erinnerst du dich noch? Ein richtiges Energiebündel. Aber du wirst sehen, er wird auch genauso schnell wieder müde, legt sich auf die Ofenbank und hechelt nach Limonade.«

»Ein Hund, der Limonade trinkt?«

»Hm.« Opa kratzt sich am Kopf und grinst. Dann streckt er die Hände aus. »Darf ich dir und deinem Krokodil aus dem Wagen helfen?«

Gemeinsam betten wir es auf ein schattiges Stück Rasen unter den Bäumen.

Oma legt von hinten ihre Arme um mich. »Hallo, mein Schatz. Was hast du uns denn da mitgebracht?«

Mama fasst sich an die Stirn. »Das lag auf einem Autobahnrastplatz. Ich konnte sie nicht davon abbringen, es mitzunehmen. Glaub mir, Maria, ich versuche so sehr, meine Tochter mal für Dinge zu interessieren, die ich in ihrem Alter mochte. Aber Merle macht nur, was sie will!«

»Das hat sie von Niko«, folgert Oma, was mir richtig gut gefällt, denn so viel verstehe ich von Biologie, dass man Eigenschaften natürlich nur erben kann, wenn man miteinander verwandt ist.

»Wir streiten uns sogar deswegen!« Mama lacht mir zu und streckt versöhnlich die Hand nach mir aus, aber ich patsche nur darauf und bleibe erst mal bei Oma.

Dabei trifft mein Blick den des Jungen. Felix-Hirtenhund hat den Kopf schief gelegt und betrachtet mich ausgiebig.

Was guckste?! Ich schenke ihm ein Grinsen, das auch ein Zähnefletschen sein könnte.

Er antwortet ebenfalls mit einer Grimasse, macht dann eine Armbewegung, als wolle er mir einen kleinen Ball zuwerfen, und ruft ausgelassen: »Uuund: hepp!«, was ausnahmslos alle sehr verwundert.

»Hepp?«, fragt Opa.

»Sagt mein Tennistrainer immer, wenn ich den Ball schlagen soll.«

»Du spielst Tennis?«

Der Junge sieht ja nicht direkt unsportlich aus, dennoch hätte ich darauf nicht gerade getippt.

»Meine ganze Familie spielt Tennis. Papa ist Vizevereinsvorsitzender. Und meine Brüder sind richtig gut.« Das Strahlen auf seinem Gesicht verblasst etwas. »Ich schlage mich so durch.«

Jetzt bekommt er ein offenes Lächeln von mir.

Mama klopft ihm sogar kurz auf die Schulter und begleitet dann Oma ins Haus, das sich hinter Kiefern, Sträuchern, buschigen Hecken und Hortensien mit dicken blauen Blüten versteckt. Mama muss sich bücken, um von den tief hängenden Zweigen nicht gestreift zu werden. Gleich darauf höre ich nur noch ihre Stimme: »Ihr solltet doch für mich nichts vorbereiten! Ich fahr doch gleich wieder.«

Unschlüssig stehe ich da. Das Ich-weiß-nicht-ob-ich-hierbleiben-will-Gefühl ist zurück.

»Wie heißt das Drachenboot eigentlich? Wenn's noch keinen Namen hat, könnten wir's doch Zacki nennen, was meinst du?«

Ich sehe Felix an, bin mit der Frage völlig überfordert. So, wie wenn du im Unterricht geträumt hast, und plötzlich ruft dich der Lehrer auf. Dabei hat der Junge überhaupt nichts Erschreckendes an sich – eher etwas Überraschendes.

»Das klingt nett«, antwortet Opa an meiner Stelle. »Aber unser Zacki scheint mir etwas erschöpft von der Fahrt zu sein und sollte dringend aufgepumpt werden. Übernimmst du das?« Opas Blick wandert von Felix zu mir. »In Ordnung, Merle?«

Ich nicke.

»Und dann besuchst du uns nach dem Mittagessen wieder, Felix, ja?« Opa räuspert sich. »Bei euch gibt's sicher auch bald was, oder?«

»Nudelsalat. Bei uns gibt's immer Nudelsalat.«

»Ja, dann iss du mal deinen Nudelsalat und ...«

»Aber Paul«, unterbricht Felix ihn, »ich wollte Merle erst

noch zeigen, dass sie von ihrem Zimmer aus mein Fenster und den See sehen kann!«

Opa holt tief Luft, um gegen Felix' Begeisterungssturm anzukommen.

Ich helfe ihm besser. »Zeig's mir heut Nachmittag, wenn Zacki versorgt ist, okay?«

»Heißt das, du findest den Namen gut?«

»Ja.«

»Uuund: hepp!« Siegesgewiss schmettert Felix' Arm einen weiteren unsichtbaren Ball in die Luft, dann läuft er zwischen den Bäumen davon – sicher, um irgendwoher einen Blasebalg zu besorgen.

Opa tut so, als wische er sich den Schweiß von der Stirn. »Ein paar Minuten Ruhe.«

»Wirklich: wie ein junger Hirtenhund!«, flüstere ich.

»Ein guter Vergleich, ja?« Opa freut sich. »Ganz so aufgedreht ist er normalerweise aber nicht, keine Sorge. Das ist nur deinetwegen.«

»Meinetwegen?«

»Na, du bist neu für ihn, aufregend.«

»Für mich ist es ja wohl viel aufregender als für ihn! *Ich* bin hier fremd und ich wollte auch gar nicht …«

Opa unterbricht mich schnell: »Du hast dir doch Begleitschutz mitgebracht.«

»Ach«, sage ich, fast entschuldigend (und in dem Moment verstehe ich wirklich kaum, warum ich unbedingt dieses riesige Plastikvieh mitschleppen musste), »Zacki sah so traurig aus und war so alleine.«

»Das wirst du hier nicht sein«, verspricht Opa, und seine

Stimme klingt wie kaum hörbar knackende Kiefernnadeln. Er legt seine Hand auf meine Schulter und schiebt mich durch das Heckentor. »Komm. Ich zeig dir dein Zuhause für diesen Sommer. Du warst ja ein paar Jahre nicht hier.«

3

Das Haus ist klein und ganz aus Holz. Es knarrt bei jedem meiner Schritte, als würde es mir antworten. Es duftet auch sehr angenehm.

»Weil es lebt«, erklärt mir Oma. »Es umgarnt uns wie eine Katze, es wärmt und schnurrt, streckt sich und knurrt, und wenn der Wind durch die Ritzen pfeift, faucht es. Dein Opa nennt es *unser Hexenhäuschen*.«

Mama lacht. »Das ist aber nicht sehr nett.«

»Meinst du, weil ich dann die böse Hexe bin?« Oma tritt zum Herd, greift nach einer Bratpfanne und wiegt sie in der Hand, als überlege sie, jemanden damit zu vertrimmen.

»So habe ich das nicht gemeint«, verteidigt sich Opa. »Es gibt auch nette Hexen. Solche, die die besten Blaubeerpfannkuchen der Welt zaubern und Herzen zum Hüpfen bringen.«

»Oioioi«, juchzt Mama, »hör dir das an, Maria!«

»Immer noch der alte Charmeur.« Oma grinst breit, dreht sich um und gießt den Teig für Papas Lieblingsnachtisch in die Pfanne. »Wir hatten gedacht, Niko käme vielleicht doch …«, erklärt sie.

»Wollte er gern!« Mama nutzt die Gelegenheit, endlich von Papas Einsatz und den Fortschritten auf der Baustelle zu berichten. Die schweren Vokabeln der letzten Monate, Stahlträger, Steine, Estrich, Zement, plumpsen aus ihrem Mund und stapeln sich in der Wohnküche, die mir plötzlich eng vorkommt, als sei kein Platz für mich hier drin.

Opa stupst mich an. »Komm, ich zeig dir deine Etage.«

Er steigt vor mir die breite Leiter zur offenen Galerie hinauf. Oben fühle ich mich gleich freier. Übers Geländer blicke ich hinab auf die Nacken der Frauen (Omas deutlich brauner als Mamas), auf die Vitrine mit dem bunten Sammelsurium an Geschirr, das überquellende Bücherregal, den staubigen Kachelofen, vor dem auch jetzt, im Hochsommer, Holzsplitter liegen, auf die Schwarz-Weiß-Fotos von Städten an den Wänden (hat meine Cousine geknipst), den großen Tisch mit Laptop und Blumenvase (der Rand abgesprungen, der Inhalt selbst gepflückte Wiesenmischung) und auf die Eckbank mit den zerknautschten Kissen. Alles gefällt mir, denn hier wird nicht gebaut, hier plant und erwartet man nichts Neues, hier verändert sich seit Jahren nichts, wird (zum Glück) nicht mal groß geputzt.

Ich atme auf.

»Hm?« Opa hat es gehört.

»Alles in Ordnung«, antworte ich. Doch er wirkt nicht überzeugt. Und weil ich nicht möchte, dass er denkt, ich fühlte mich bei ihnen nicht wohl, füge ich hinzu: »Ich hab nur an was gedacht.«

»Das ist gut.« Er sieht mich weiter fragend an.

Und ich: »Wusstest du eigentlich, dass Wörter im Weg rumstehen können wie Steine, Klötze und Hindernisse? Und wenn du sie siehst, also *hörst,* bekommst du Kopfschmerzen?«

Opa legt den Zeigefinger an den Mund. Er sieht dabei wie ein Schuljunge aus, der am Bleistift kaut. »Worte haben Macht. Meinst du das?«

»Sie verursachen schlechte Gefühle. Und sie sind tückisch! Täuschen eine falsche Bedeutung vor. Zum Beispiel *Hexe* oder *Raubtier.* Ist es freundlich, wenn jemand *kleines Raubtier* zu dir sagt, oder ist es eher gefährlich, Opa?«

Jetzt kräuselt sich seine Stirn. »Das kommt auf die Situation an.«

Ich weiß nicht, ob ich ihm von dem Lasterfahrer berichten soll, das ist nun wirklich unwichtig, und doch ... es ist wie eines der Malbuchbilder, dessen Form erst erkennbar wird, wenn man alle Punkte zu Linien verbunden hat.

Ich sähe schon gern klarer.

Unschlüssig gehe ich am Bett vorbei (auf meinem Kopfkissen liegt ein Geschenk) und öffne das Giebelfenster: ein auffliegender Buchfink, Kiefernzweige, die ich mit ausgestrecktem Arm berühren kann – und weit hinten, nur hier und da zwischen den Bäumen sichtbar, aber verlockend glitzernd, der See.

Opa zeigt in die andere Richtung. »Dort wohnt dein neuer Freund.«

»Ich weiß doch noch gar nicht, ob Felix und ich Freunde werden!«

»Doch, da bin ich mir sicher.«

Wir schweigen einen Moment.

»Ich glaube, wenn Felix zu dir *kleines Raubtier* sagen würde, wäre das in Ordnung. Wenn es aber jemand, der groß und stark ist, zu jemandem sagt, der schwächer ist, vielleicht zu einem Kind, dann ...«

Opa hustet trocken.

»... weiß man es nicht so genau«, ergänze ich.

Er nickt.

»Es war nichts ...«, sage ich. »Es ist nur manchmal so kompliziert alles.«

Oma und Mama klappern auf der Veranda mit Geschirr.

Eine Meise flötet, fliegt auf einen nahen Zweig, sodass ich ihr aufmerksames Gesicht und das blaue Mützchen sehe. Der Kopf neigt sich zu mir.

Ich hole tief Luft. Und dann erzähle ich, schnell und sprunghaft, von verunsichernden Wörtern und veränderten Menschen, auch vom Umzug, alles kurz, hastig und durcheinander – nur die Tattoos des Lasterfahrers, die beschreibe ich ausgiebig.

»Ein gruseliges Durcheinander«, sage ich zum Schluss (und meine alles), aber wir lachen, Opa und ich, beide erleichtert. Bis er mir plötzlich zuzwinkert und gesteht:

»Ich wollte mir immer eine Tätowierung stechen lassen, weißt du? Deine Oma ist dagegen. Dabei wusste ich schon als Junge, wie sie aussehen soll. Eines Tages mache ich es noch.« Er nickt vor sich hin. »Ich mach's einfach. Aber sag's Oma nicht. Sie redet's mir sonst aus.«

Ich sehe ihn bewundernd an. Das hätte ich nicht gedacht!

»Ich sage nichts«, verspreche ich. Und dann, neugierig, muss ich aber einfach fragen: »Was willst du dir denn tätowieren lassen?«

Opa wiegt den Kopf hin und her. »Ein Tier.« Er grinst mich verschmitzt an. »Nicht das *kleine Raubtier,* das dir kein Kopfzerbrechen mehr bereiten sollte. Du hast ein gutes Gespür für Wörter, lass dich nicht verunsichern!« Er wuselt mir durchs Haar. »Aber es ist immer gut, vorsichtig zu sein. Gerade, wenn du Leute nicht kennst.« Opa räuspert sich, überlegt wohl, ob er noch mehr sagen soll, zögert.

»Wörter sind verräterisch«, beende ich das Thema.

»Ja.« Er lacht. »Sie verraten oft mehr über die Absichten der Menschen, als die eigentlich preisgeben wollen. Du hast das gut beobachtet. Aber Wörter können auch Gutes tun.«

»Was denn?«

In diesem Moment ruft Mama von unten: »Essen!«

»Das«, Opa schnipst mit den Fingern, »ist zum Beispiel ein sehr gutes Wort, eins der besten, die ich kenne.«

Wir lachen uns an.

Der Zeitabstand, in dem wir uns nicht gesehen haben, die Wochen und Monate zwischen Geburtstagen und Weihnachten schrumpfen zusammen und verschwinden ganz. Wir kennen uns, sind uns vertraut, das ist mein Opa.

Opa und Oma.

Auch wenn ich sie ewig nicht mehr in ihrem Ferienhaus besucht habe: Ich bin zu Hause. Angekommen.

»Welches Tier ist es?«, drängle ich. »Ich sag's auch bestimmt nicht weiter.«

»Du wirst es gleich Felix erzählen!«

»Warum sollte ich?«

»Weil ihr sicher Freunde werdet. Das habe ich im Gefühl. Na, du darfst es ruhig sagen, es ist kein Geheimnis.«

»Aber doch etwas, das du nicht jedem erzählst.«

»Das allerdings«, bestätigt Opa, legt mir verschwörerisch den Arm um die Schultern und senkt die Stimme. »Also gut, Merle. Ich lasse mir einen Fisch tätowieren. Einen besonderen Fisch. Einen, den ich schon lange kenne, der sozusagen mein alter Freund ist.« Opa zeigt aus dem Fenster. »Er wohnt dort im See. Wenn du willst, erzähle ich dir später von ihm.«

4

Wir sitzen auf der schattigen Veranda, die Richtung See liegt, und essen Pfannkuchen (erst deftige mit Ratatouille, dann süße). Etwa zwei Dutzend Blockhäuser zählt der Ferienpark, der sich auf einem schmalen Uferstück den dicht bewaldeten Hügel hinaufzieht. Unseres liegt weit oben. Wie in einer Theaterloge blicke ich über Dächer, Fahnen und Hecken hinweg auf den Streifen Wasser, hinter dem, hellgrün mit grauen Felsen, das Südufer aufragt.

Mama, die neben mir auf der Bank sitzt, lehnt ihren Kopf an meinen. »Ich wollte dir vorhin nicht den Spaß verderben. Aber ich wusste von Oma, dass du hier von anderen Jugendlichen erwartet wirst, und wollte nicht, dass du womöglich einen falschen ersten Eindruck machst. Du sollst doch schöne Ferien haben und eine glückliche große Schwester sein.« Sie nimmt meine Hand und legt sie auf ihren Kugelbauch. »Wieder gut zwischen uns?«

»Zwischen uns dreien?«, frage ich.

»Ja.« Sie gibt mir einen Kuss mit ihrer kaffeeduftigen, blaubeerfarbenen Schnute.

»Nur, wenn du noch ein bisschen bleibst, Mama.«

»Ach, Schätzchen«, gluckst sie und drückt ihre Nase in mein Haar.

Oma fragt: »Du wirst aber kein Heimweh bekommen, oder?«

»Heimweh, nach was denn? Unsere Wohnung ist ja nicht mehr mein Zuhause, wenn ich zurückkomme.«

Mama zieht die Luft ein. Gleich wird sie wieder ihre Argumente aufzählen: Nur Vorteile im neuen Haus! Ein Zimmer, doppelt so groß wie mein altes. Endlich Platz für das Hochbett, das ich mir schon lange wünsche. Ein eigener Garten.

Klar kann ich meine Freundinnen, die nun nicht mehr eine Treppe tiefer oder höher wohnen, auch in das neue Haus einladen. Wenn sie denn kommen wollen, vierzig Minuten mit dem Bus.

»Wir wissen ja, dass du den Umzug nicht gut findest, Merle. Aber den Urlaub?« Oma sieht mich bittend an. Opa, dessen Blick auf mich durch Mama verdeckt wird, beugt sich vor. Mama scheint den Atem anzuhalten. Stille am Tisch, Ruhe insgesamt, nur hinterm Haus ertönt jetzt ein gleichmäßiges Schnaufen. »Das wäre schade«, fährt Oma fort, »wenn du nicht gern hierbleiben würdest. Wir freuen uns sehr, dass du da bist; deine Mutter können wir dir aber natürlich nicht ersetzen.«

»Ich bin doch kein Baby mehr«, sage ich forsch.

Auf Omas Gesicht breitet sich ein erleichtertes Lächeln aus. Ich drücke ihre Hand, strecke Mama die Zunge raus und stehe auf. Los jetzt! Ich habe zu tun, muss hinters Haus. Ich weiß nämlich, wer da solche Schnaufgeräusche macht und womit.

Felix ist gerade dabei, Zacki vom Blasebalg zu lösen. »Na, was sagst du? Ich hab ihm seine Muskeln aufgepumpt.«

»Ein gedoptes Krokodil.«

»Nee, das ist artgerechte Haltung! Krokodile sind von Natur aus Kraftprotze. Und zur Belohnung fürs Durchhalten hab ich ihm was zu fressen mitgebracht.« Er kniet sich hin, zieht einen prächtigen Kiefernzapfen aus der Tasche seiner weiten Shorts und schiebt ihn Zacki ins offene Maul. »Vegetarische Frikadelle.« Felix grinst zufrieden. »Aber was fressen Krokos am liebsten? Fisch! Also lassen wir ihn zu Wasser!«

»Gibt's viele Fische im See?«

»Massig. Zacki wird sich den Bauch vollschlagen.«

»Ich meine, in echt. Hast du schon welche gesehen?«

»Joah, meist achte ich da nicht drauf. Das Wasser ist eh ziemlich undurchsichtig. Verbirgt alles. An der Felswandstelle soll's klarer sein. Wusstest du, dass der See da 18 Meter tief ist? Supertief! Dein Opa hat mir erzählt, dass es einen unterirdischen Zufluss gibt. Also wie eine Höhle, in der man Boot fahren kann. Spannend, was? Wir könnten den Eingang suchen. Du hast doch Badesachen dabei?«

»Schon, aber ich möchte da nicht runtertauchen.«

Felix hebt den Kopf und schaut mich an. »18 Meter schafft man sowieso nicht ohne Ausrüstung. Trotzdem können wir doch morgen mal eine Expedition zur Felswand machen. Und für heute könnten wir uns die Pirateninsel vornehmen.« Er fährt sich durch die etwas zu langen, sonnenhellen Haare. »Natürlich nur, wenn du nichts Besseres zu tun hast …?«

»Das nicht ...« Ich zögere.

Ich gehe sehr gerne schwimmen, bin aber Freibäder und Pools gewohnt. Die sind übersichtlich, flach, sauber und nicht von irgendwelchen Tieren bevölkert. Vielleicht geht mir alles ein bisschen schnell.

Außerdem: »Meine Mutter ist noch nicht abgefahren.«

»Dann warte ich eben so lange. Oder du verabschiedest dich jetzt schon? Andererseits«, er wagt eine zutrauliche Kopfbewegung zu mir hin, so wie Katzen sie machen, wenn sie sich schnurrend an Menschenbeine drücken, »wir haben Zeit, oder?«

»Ja. Zum Glück«, entfährt es mir. »Ich brauche für alles Zeit.« Und als er mich aufmerksam ansieht, erkläre ich verlegen: »Manchmal fühl ich mich wie eine Schnecke bei einem Wettrennen mit lauter Gazellen.«

Er macht große Augen. Findet er mich jetzt uncool?

Nein, er überlegt sich eine Antwort, und zwar eine sehr schöne: »Eine Schnecke kann wenigstens nicht stolpern und sich die Beine brechen. Und die Gazellen werden alle gefressen, wenn sie den Fluss überqueren, nicht wahr, Zacki?«

»Und wie die gefressen werden!« Ich lache erleichtert. »Dafür sorgt unser Zacki.«

Felix tätschelt ihm den Kopf. »Good old boy.«

Als er aufsteht, kleben Kiefernnadeln an seinen Händen und Knien. Im Gesicht, das mich ununterbrochen anstrahlt, hat er weiße Streifen von schlecht verschmierter Sonnencreme. Und er riecht nach Kokos, das weiß ich, weil er dicht an mir vorbei kommt, als er sich Richtung Veranda wendet. »Wo wir gerade vom Essen reden ... Gibt's da noch was?«

Eine halbe Stunde später hat Felix es geschafft, die letzten drei Pfannkuchen zu verdrücken. Er schnauft wie sein Blasebalg vorhin und behauptet, sein Bauchumfang würde Mamas jetzt locker übertreffen. »Wenn ich mich so aufs Zackiboot setze, gehen wir unter. Dann fressen uns die Fische.«

»Mit vollem Bauch schwimmt man ja auch nicht.« Mama ist plötzlich besorgt, wendet sich an Oma und Opa: »Der Badestrand ist hoffentlich bewacht?«

Felix kommt ihnen zuvor. »Wir sind doch Sportler! Und außerdem so gut wie erwachsen!«

»Erwachsen!« Mama lacht. Dann bemerkt sie meinen peinlich berührten Blick und winkt ab. »Nein, ich sag nichts mehr. Ich sage immer zu viel und bekomme dann nur die Zunge rausgestreckt.«

Dabei ist jetzt sie diejenige, die mir eine lange Nase dreht!

Felix rettet die Situation. »Wir sind ganz gemütliche Rennschnecken und keine Gazellen, also keine Sorge!«

Mama schaut etwas verwirrt, aber Opa schmunzelt.

»Hauptsache, ihr versteht euch gut«, meint Oma.

»Hundertpro«, sagt Felix.

»Dann kann ich ja jetzt beruhigt zurückfahren. Habt viel Spaß alle zusammen. Tschüss, Felix!«

Wir begleiten Mama zum Auto, und ich bin froh, dass die anderen mir zum Schluss einen Moment mit ihr alleine geben. Nun will ich sie doch nicht loslassen. Normalerweise haben wir uns ja durchaus lieb.

Ganz fest drücken wir uns.

»Bleibst du denn jetzt einigermaßen gern hier?«

»Geht so.«

Das ist in Wahrheit stark untertrieben, aber das braucht sie nicht zu wissen. Ich wundere mich ja selbst, mit welcher Gazellengeschwindigkeit ich mich eingelebt habe.

5

»*Wenn ihr gleich loszieht*, grüßt mir meinen Freund, den Wels«, sagt Opa. »Er bekommt sofort mit, wenn jemand Neues ins Wasser springt, und mag es, wenn man ihm Hallo sagt. Das ist das Mindeste, immerhin ist er der König des Waldsees.«

»Wie sieht der Wels denn aus?«, frage ich.

»Er ist schon sehr alt und fast drei Meter lang.«

Felix nickt anerkennend.

»Erzähl weiter, Opa«, bitte ich.

Opa sieht uns forschend an. Wollt ihr das wirklich hören?, scheinen seine Augen zu fragen. »Also, der Wels hat eng am Körper liegende Flossen, mit denen windet er sich elegant durchs Wasser, durchmisst und kontrolliert sein Königreich. Die anderen Fische schwimmen ihm ehrerbietig aus dem Weg; der Wels ist nämlich nicht nur stark, er besitzt auch sechs lange Barthaare, Barteln genannt. Wenn, mal angenommen, ein Krokodil, so eins von der Größe eures Zackis, den Wels fressen wollte, würden sich die Barteln um seine Schnauze schlingen und es in den Nasenlöchern kitzeln.«

»Hatschi!«, macht Oma und setzt sich zu uns.

»Da wäre das Krokodil verwirrt und würde den Wels lieber ziehen lassen. Im Mittelalter fürchteten sich sogar die Menschen vor dem Wels, es hieß, Welse seien wilde Räuber, die an Land sprängen und Kälbchen und Lämmer vom Ufer ins Wasser rissen.«

»Aber nicht unser Wels«, wirft Oma ein.

»Maria, ich kann mich nicht konzentrieren, wenn du dauernd unterbrichst.« Opa sieht sie streng an. Oma lächelt entschuldigend. »Unser Wels wohnt tief unten im Wasser, dort, wohin kein menschliches Auge reicht, in der düsteren Welt der Schlammfinger, Schwarzschwanzaugen und Schmatzschnecken.«

»Schmatzschnecken?« Felix stülpt geräuschvoll die Lippen vor.

»Die schmecken gut mit Knoblauch«, sagt Oma.

»Wenn der Wels gestört wird und schlecht gelaunt ist, taucht er auf, verschlingt ein Entenküken oder zwickt ein badendes Kind in die Zehen. Mich hat er mal in den Großen Onkel gebissen und ziemlich lange unter Wasser gehalten. Glaubt ihr's nicht? Wartet.« Opa schlüpft aus den Sandalen und legt die Füße neben das Kaffeegeschirr.

»Paul!«, knüttert Oma, beugt sich aber selbst vor, um einen Blick auf Opas ganz gesund aussehende Zehen zu werfen.

Der linke Große ist allerdings unwahrscheinlich lang und weist tatsächlich eine Reihe regelmäßiger Narben auf, die vom Nagel bis zur Fußmitte reichen.

»Waren das die Zähne?« Ich weiß nicht, ob ich nicht doch das ein oder andere von Opas Geschichte glauben soll.

»Er wollte ganz sanft sein, Merle, und mich nur ein wenig ermahnen – aber er hat einfach Kraft. Ich habe an dem Tag so richtig Unsinn gemacht.« Opa seufzt und nimmt die Füße herunter. »Ich war nicht gerade ein braver Junge.«

»Was hast du angestellt?« Felix ist der Wahrheitsgehalt der Geschichte egal, er ist längst Feuer und Flamme.

»Ein Radrennen mit einem anderen Jungen, einem richtigen Angeber. Er hatte das leichtere, bessere Rad, ich nur eine klapprige Möhre. Trotzdem hab ich mitgehalten. Das Ziel war das Ende des Badestegs hier, der Steg, den's immer noch gibt. Natürlich war es vorgesehen, rechtzeitig zu bremsen, aber ...« Opa zuckt die Achseln.

»... du bist einfach weitergefahren!«, ruft Felix.

»Ich wollte nun mal gewinnen! Mein Rad und ich sanken bis auf den Grund – und gerade dort ist es richtig tief. Plötzlich kam der Wels. Lautlos. Ein Schemen in Graugrün. Glänzende, neugierige Äuglein. Schon damals war er alt und groß, groß wie ein Unterseeboot. Für einen Moment waren unsere Gesichter nah beieinander, seine Lippen blubberten. Seine Barteln legten sich um meine Schultern, durchwühlten mein Haar, befühlten meine Ohren, außen und innen ...«

Ich ziehe den Kopf ein, es kitzelt beim Zuhören.

»... ich versuchte, mich vom Grund abzustoßen, aber das empfand er als unhöflich. Stellt euch vor: Erst donnere ich das Rad fast auf ihn drauf, dann will ich ohne Erklärung abhauen! Da hat er meinen Zeh gepackt.«

»Und trotzdem seid ihr Freunde geworden?«

»Aber ja, Felix. Ich habe mich entschuldigt. Habe ihn jeden Tag besucht und begrüßt. Später einmal habe ich ihm das Leben gerettet. Und er mir. Ich kenne seine Geheimnisse. – So.« Opa erhebt sich und stemmt die Hände auf den Tisch. »Jetzt lauft und grüßt ihn von mir, dann beschützt er euch, falls ihr in Schwierigkeiten kommt.«

»Das wollen wir nicht hoffen«, sagt Oma.

Felix springt auf. »Wer hat den Wels zum König gekrönt?«

»Erzählst du uns nachher noch mehr?«, falle ich ein.

»Ah ... na ja ...« Opa scheint sich nicht sicher zu sein, wie sehr er sich über diese Bitte freuen soll. Bestimmt muss er sich das alles erst ausdenken. »Die Geschichte vom Wels wollt ihr hören? Wirklich? Du auch, Merle? Du bist doch so misstrauisch Worten gegenüber.«

»Es gibt auch schöne Worte«, gebe ich zu. »Und manche machen die Menschen erst schön. Wenn sie sie liebevoll aussprechen und gut erzählen.«

Daraufhin kann Opa nicht mehr ablehnen.

6

Felix trägt Zackis Schnauze, ich das Hinterteil. Das Urviech thront über unseren Köpfen, als wir barfuß Richtung Wasser laufen.

»Ich komme mir vor wie eine Dschungelfrau, die einen Einbaum trägt.«

»Wir sind ja auch Naturforscher, Merle! Bereit, den noch nie befahrenen Großen-Wels-See zu erkunden.«

»Oder die letzten Eingeborenen auf der Flucht vor … «

»Schlammfingern!« Felix streckt schwungvoll seinen Arm aus, Zacki kippelt.

»Zacki ist natürlich eine Gottheit. Er kann die Zukunft voraussehen und unsere Feinde in Schlick verwandeln!«

Begeistert lässt Felix das Plastikmaul auf- und zuklappen, gerade, als wir an einer Blockhütte vorbeikommen, auf deren Zuweg zwei Jungs in unserem Alter an verdreckten Mountainbikes herumschrauben. Eins steht auf dem Sattel und streckt sein völlig verbogenes Vorderrad in die Luft. Der Besitzer ist schnell zu identifizieren, da der Sturz ihn augenscheinlich einen Schneidezahn gekostet hat.

»Putt, putt, putt«, macht er.

Zuerst denke ich, das sei wegen der Zahnlücke, aber dann fängt der andere Junge an zu gackern.

»Was seid ihr denn für Hühner?«

Die Frage ist raus, bevor ich drüber nachdenken kann. Das ist wieder so eine problematische Eigenschaft von Wörtern: Sie sind oft schneller ausgesprochen, als man möchte.

Neugierig stehen geblieben bin ich auch. Felix hingegen will rasch weiter.

»Das fragst du uns?«, kontert der unverletzte Mountainbiker. »*Ihr* seid hier die schrägen Vögel. Stimmt's, Hähnchen?!«

»Meine Familie heißt Hahn«, flüstert Felix mir zu und verdreht die Augen, »das finden die Prittstifte wahnsinnig lustig. Können wir jetzt bitte weiter?«

Der lädierte Junge lässt sein kaputtes Bike los und kommt auf uns zu. »Da hörst du's! Der Dicke provoziert! Er nennnt uns immer Prittstifte.«

»Irgendwie muss ich mich ja wehren gegen zwei rothaarige Jungs, die immer zusammenkleben«, verteidigt sich Felix.

»Der braucht sich nicht zu wundern, wenn er demnächst ordentlich gedöppt wird! Wer bist du überhaupt?« Der Junge mustert mich. »Machst du hier Urlaub? Und was ist das für 'n albernes Teil, das ihr da habt? Gebt mal her!«

Er greift nach Zacki, aber in dieser Situation war ich schon mal und hatte einen wahrlich furchteinflößenderen Gegner.

»Flossen weg!«, rufe ich. »Dem Gott der Krokodile wird gefälligst Respekt gezollt! Man fragt ja wohl um Erlaubnis, erst recht, wenn man so aussieht, als sei man betrunken gegen einen Baum gefahren.«

»Ich bin im Mondlicht die Mörderstrecke runtergebrettet, ja?! Das muss mir erst mal einer nachmachen.«

»Piet hat sich dreimal überschlagen, ich dachte, der bricht sich gleich das Genick.« Sein Bruder klingt noch immer erschrocken.

»Ein Prittstift weniger«, murmelt Felix, worauf er von Piet einen Tritt gegen das Schienbein kriegt.

»Heißt du wirklich, Pit? Wie Brad Pitt?«, frage ich.

»Ich seh doch auch so aus!« Zahnlückengrinsen. »Ich bin unwiderstehlich.«

»Haha, unausstehlich meinst du wohl.«

Er grinst immer noch. »Piet – mit ie – und Tim. Wir sind zweieiige.«

»So genau will ich's gar nicht wissen.«

»Und dein Name?«

»*Ich* bin mit ihr verabredet, ja?!«, mischt sich Felix ein, und ich muss mir ein Grinsen verkneifen. »Fahrt ihr mit euren bescheuerten Bikes und lasst uns unsere Sachen machen!«

»Und was macht ihr für Sachen?«, ruft Tim. »Baden? Na klar: Fett schwimmt oben!«

»Komm, Merle, bitte!«

»Besser oben schwimmen als im Matsch liegen«, verteidige ich Felix und werfe einen abfälligen Blick auf die schmutzigen Hände und Räder der Brüder.

»Perle«, sagt Piet, »passt zu dir.«

Das Reimwort zu meinem Namen habe ich schon unzählige Male gehört. Es kann wunderbar nett, einfach nur dumm oder auch sehr abfällig gemeint sein. In diesem Fall eindeutig versöhnlich.

»Mag sein«, antworte ich, »aber sei vorsichtig, Piet, ich hab auch was von einem Raubtier.«

»Grrr«, macht er.

»Können wir jetzt?«, quengelt Felix und bekommt unerwartete Unterstützung von Tim: »Mit Mädchen spielen wir nicht, Piet. Die dürfen sich nicht dreckig machen und trauen sich nicht mal über die Baby-Sprungschanze. Denk nur an die doofe Dana.«

»Die scheint mir ganz vernünftig zu sein«, nehme ich die Unbekannte in Schutz. »Zu einer Radtour mit euch würde ich auch eher meinen Stuntman schicken.«

Nach diesem Schlusswort ziehen wir weiter den Weg zum See hinunter. Die Prittstifte sehen uns noch eine Weile nach, und Felix brummelt muffig »Merle-Perle, blöde Kerle« vor sich hin, bis ich sage: »Gut, dass wir die los sind.«

»Ja. Die nerven dauernd.«

»Sollen sie mal versuchen! Die sind nur neidisch, weil sie nicht wissen, was sie außer Radfahren anfangen sollen.«

»Wir wissen das wohl, oder?«

»Und ob!«

Meine Füße haben den heißen, huppeligen Steinweg verlassen und laufen nun entspannt über die weite, leicht abschüssige Rasenfläche zum Ufer. Je näher wir dem Wasser kommen, desto weicher und feuchter wird der Untergrund, verspricht Abkühlung und Spaß.

Von hier aus gesehen ist der See erheblich größer als vom Hexenhäuschen aus. Der Badesteg, über den Opa damals gesaust ist, liegt rechts von uns und dient als kleine Bootsanlegestelle.

»Ob der Wels darunter ist und sein Mittagsschläfchen macht?«, frage ich mich laut. Die Vorstellung von einem leise schnarchenden Fisch, dessen Barteln im Traum zucken wie die Schnurrhaare einer Katze, gefällt mir.

Felix greift den Faden auf. »Pauls Rad ist auch noch da unten. Sobald der Wels wach wird, suchen die Flitzefischchen Schutz unter dem Sattel. Was meinst du, was es da für ein Gedrängel gibt? Fast wie an einem Korallenriff! Der Wels ist übrigens so stark, dass er mit seinen Barteln das Vorderrad zum Drehen bringen kann.«

»Und manchmal«, flüstere ich, trete in den Ufersand und betrachte ein Knäuel der im flachen Wasser treibenden braun-grünen Algen (wie Zöpfe einer Wasserhexe), »manchmal setzt er sogar den Trafo wieder in Gang. Dann leuchtet die alte Lampe wie ein Irrlicht im Unterwasserdschungel. – Das müssen wir Opa erzählen.«

Ich drehe mich um und sehe, dass meine Großeltern ihre Klappliegestühle gerade unter einem Baum aufstellen. Am ersten Tag wollen sie sicher in unserer Nähe bleiben. Zugeben würde ich's natürlich nicht, aber es gefällt mir.

»Komm, Merle!«

Felix steht schon bis zum Bauch im Wasser. Zacki schwimmt neben ihm, kreiselt, dreht sich, schaut zu mir, lacht.

Na, dann los!

Kühl ist es.

»Hallo, Wels«, sage ich leise. Schwappend leckt das Wasser an meinen Knöcheln.

»So doch nicht, Merle, wir machen das soo ...« Felix legt den Kopf in den Nacken, breitet die Arme aus, bewegt sie wie Flügel und ruft Richtung Himmel: »Wir grüßen den König des Waldsees mit einem lauten ›Uuund: hepp!‹«

Es folgt ein Bauchplatscher, der Zacki hüpfen und in meine Richtung treiben lässt. An seiner Tatze taste ich mich ins Tiefe.

»Na, wie fandest du's?« Felix taucht auf wie ein nasser Hund.

»Als ob der Wels in den Wolken wohnen würde!«

»Könige wohnen überall, Merle. Frag deinen Opa!«

7

Vielleicht hat Felix recht: Die Wolken am Himmel sehen aus wie harmlose Wattebauschquallen, dann gleiten Rochen und Seepferdchen mit fliegenden Mähnen vorbei. Im Blau wachsen und vergehen unzählige dickbäuchige Fische, und alles, was nicht in den Himmel über einem Süßwassersee hineingehört und nur von mir gesehen werden will, verdeckt der Wels mit seinen Barteln. Wie lang die sind! Viel länger, als du gesagt hast, Opa ... wie die weißen Streifen der Flugzeuge.

Ich lasse Zackis Tatze los, drehe mich in die Senkrechte, taste mit den Füßen nach dem Grund – weg ist er! (Eigentlich wollte ich mich noch gar nicht so weit raustreiben lassen, dass ich meine Zehenspitzen da unten nicht mehr sehe.) Das tiefere Wasser ist für meine Blicke undurchdringlich. Wenn der König des Waldsees nun zur Begrüßung einen Streich mit mir vorhat? Wenn er mir meine Fußsohlen, die ungeschützt durch das Grün rudern, frech mit seinen Barteln kitzelt?

Aber nicht unser Wels, höre ich Omas Stimme. Opas Wels ist ein Freund. Trotzdem: am besten Kopf hoch und nach vorn schauen.

Eine Libelle rast auf mich zu, bremst direkt vor meiner Nase, vibriert irritiert und biegt im rechten Winkel wieder ab. Libellen erschrecken mich nicht. Sie sind wie die Mountainbikejungs, sie spielen gern Draufgänger.

Felix-Hirtenhund ist da gemächlicher. Er fragt mich erst um Erlaubnis, bevor er Zacki erklimmt; besser gesagt, bevor er es versucht. Bäuchlings wirft er sich auf den grünen Ballon, der eine Salve Pupsgeräusche von sich gibt, was uns so lachen lässt (»Zacki, wenn das der Wels hört!«), dass Felix rückwärts wieder runterrutscht und ich mit untertauche. Nur so, aus Spaß, und als ich hochkomme – Wassertropfen auf den Wangen –, juchze ich: »Du bist so braun und lagst so platt da, du sahst aus wie ein Kuhfladen!«

»Was?« Empört krault Felix auf mich zu.

Ich flüchte, denn jetzt ist er in Käbbellaune.

»Und du schwimmst wie eine Ente. Pass auf, dass dich nicht der Wels holt!« Er stupst mich mit seinen Fingern in die Seite, da, wo ich so kitzelig bin.

Ich quieke, schlage mit der flachen Hand nach ihm. Werde unter Wasser gezogen, aber ich habe keine Angst, denn ich weiß, dass Felix die Spielregeln beachten wird.

Die Jungs aus meiner Klasse würden womöglich länger und aggressiver döppen. Einmal habe ich die wilde Horde im Freibad beobachtet und beschlossen, besser am Rand zu bleiben. Ich war aber sowieso mehr mit den Mädchen aus unserem Haus zusammen. *War* ... Mein verlorenes Haus, meine Sorgen, meine alten Freundinnen – sie schwimmen aus meinen Gedanken wie Zacki aus meiner Reichweite.

Ein frischer Wind ist aufgekommen.

Ich rufe: »Zacki haut uns ab!«

»Sofort hinterher und dann longline auf ihn drauf! Wir müssen heute noch zur Pirateninsel.«

Felix schwimmt schnell, schnappt sich das Boot, entert es diesmal geschickter, schwingt sich, stützt sich, sitzt auf, lenkt Zacki zu mir und lacht wieder – so voll und leuchtend wie das Gesicht des Schwimmtiers.

Er reicht mir die Hand. »Komm!«

Gemeinsam balancieren wir unser Gewicht auf dem schwankenden Ungetüm aus, kullern ins Wasser, starten von vorn. Nach und nach stimmen sich unsere Körperbewegungen aufeinander ab, unsere Füße werden zu Antriebswellen, unsere Hände zu Ruderblättern, und unser Ziel, ein kleines rundes, struppiges Eiland, das aussieht wie ein einzelnes, übrig gebliebenes Haarbüschel auf einem kahlen Schädel, wird allmählich größer. Felix erzählt vom Tennistraining, dass er lieber schwimmen gehen oder Wasserball spielen würde (wenn schon Sport, dann im Wasser), aber keine Lust habe, als Einziger in der Familie etwas anderes zu machen. »Dann wüsste ich ja gar nicht mehr, von welchen Leuten und Wettkämpfen die reden, also halte ich durch, so wie wir durchhalten … Uuund … ja, die Insel kommt näher! Nicht nachlassen! Kämpfen! … Machst du auch Sport, Merle?«

»Turnen und Schach.«

»Du heiliger Kuhfladen!«

»Du meinst wohl, du Kuhfladen würdest sofort vom Reck platschen?«

»Platsch machst du jetzt erst mal!«

Herrliche Abkühlung! Mein Po ist an Zacki schon ganz festgeklebt. Felix springt auch rein. Ohne seine Reiter kugelt Zacki sich auf den Rücken.

Das Ufer ist in weite Ferne gerückt. Opa, mittlerweile kaum noch größer als eine Tube Sonnenmilch, ist aufgestanden und hält wohl nach uns Ausschau. Als ich winke, winkt er zurück.

»Alles in Ordnung«, schreie ich. (Was Opa aber sicher nicht hören kann.)

»Du hast Glück«, sagt Felix neben mir voller Ernst. »Meine Eltern würden nie so auf mich achtgeben. Und wenn sie's doch tun, nerven sie. Meist haben sie aber eh nur den nächsten Tennisball im Blick.«

Ich will ihm widersprechen: Meine Eltern haben auch nur das neue Haus, das Baby, den Kredit, den Job im Blick – doch Felix beklagt sich weiter: »Letzte Woche bin ich dreizehn geworden. Mein Geburtstagsgeschenk hab ich aber immer noch nicht. Das liegt zu Hause. Sie haben es in Papas Arbeitszimmer versteckt, damit ich's nicht vorher sehe – und dann prompt vergessen, es einzupacken!«

Ich schlage mir auf den Mund. »Auf meinem Bett liegt ein Geschenk von Oma und Opa, das ich noch nicht aufgemacht habe!« Wieder winke ich zu den beiden hinüber, um mein schlechtes Gewissen zu beruhigen. »Da war so viel Trubel, dass ich das vergessen hab, wie peinlich!«

»Tja, du hast eben nur Augen für mich gehabt.«

Der Typ ist nicht nur dreist, er packt sich auch noch Zacki und spurtet, so schnell er kann, Richtung Insel. »Fang uns doch!«

Will ich das?

Ja, doch! Felix' Worte sind einfach und gut, rund und glatt

wie Kiesel. Ohne Felix säße ich jetzt am Ufer, hielte mich an Oma und Opa, läse, wartete, dächte an zu Hause. Ohne Felix schwämmen Zacki und ich auf dem Trockenen.

Ich atme, tauche, atme, tauche. Die Strecke bis zur Insel ist länger, als ich gedacht habe. Ich komme von der Bahn ab: Ist eben kein Hallenbad hier draußen, und ich habe keine Schwimmbrille auf. Wann bin ich das letzte Mal so weit geschwommen?

Wasser geschluckt.

Kalt und flau im Magen.

Weiter!

Endlich kommt der Flecken Land näher. Felix kämpft sich ans Ufer vor. Ich sehe seinen Rücken, also steht er. Gut. Dann sinkt er wieder ins Wasser zurück, versucht's an anderer Stelle erneut.

»Au!«

Er verliert Zacki, der, sobald er frei ist, auf mich zutrudelt, sodass ich mich an ihn klammern kann wie an einen Rettungsring.

»Na, mein Freund«, keuche ich, »hättest du gedacht, dass wir sofort einen Marathon angehen?«

»Man kommt schlecht rauf, Merle«, gesteht Felix, ohne sich umzudrehen. »Hier ist überall fieses Gestrüpp. Wusste ich nicht, sorry. Bin auch zum ersten Mal hier. Allein macht Langstreckenschwimmen ja keinen Spaß.«

Auf einmal winden dünne Halme sich um meinen Bauch, umschlängeln meine Arme und Beine. »Uuh! Hier ist alles voller Schlingpflanzen!«

»Schlammfinger! Sie wollen nicht, dass jemand an Land

kommt. Sei vorsichtig!« Felix hat eine Stelle gefunden, an der er, wenn auch halb im Wasser, anlanden und sitzen kann. Sein Kopf ist rot, sein Arm, der mich herwinkt, hat Gänsehaut. »Komm! Auch eine kleine Insel ist eine Insel. Puh. Kurze Pause, bevor wir zurückschwimmen?«

»Ja, bitte.«

Ich taste mich auf den Händen durchs seichte Wasser, wobei mir die Algen wie fransige Pinsel durchs Gesicht wischen. Egal, momentan bin ich einfach froh, ein wenig ausruhen zu können.

»Herzlichen Glückwunsch nachträglich zum Geburtstag«, sage ich, als ich neben ihm Platz genommen habe.

»Danke.« Wenn Felix sich richtig freut, bilden sich ganz kleine Grübchen in seinen Wangen. Jetzt beugt er sich vor und pflückt mir eine lange Ranke aus dem Haar.

»Das sind meine Bio-Extensions!«

»Steht dir. So muss eine Inseleroberin aussehen!«

Unsere Ellbogen berühren sich, auch die Füße, dazwischen: Grünzeug.

»Der Wels sollte hier mal Rasen mähen«, sage ich.

»Kann er nicht. Stell dir vor, er kriegt seine Barteln in den Mäher!«

Wir lachen erschöpft.

»Vorhin hatte ich einen heftigen Krampf im Bein«, erzählt Felix. »Ist aber zum Glück weggegangen.«

»Gut.« Ich ziehe Zacki zu uns auf die borstige Unterwasserwiese. »Hoffentlich bekommt unser Boot kein Loch.«

»Das wär schlecht. Wir brauchen es doch noch für die Rückreise.«

»Und für die nächsten Expeditionen.«

Ich stehe auf und betrachte das Inselchen. Zwei Enten entfernen sich schnatternd, sonst gibt's nur Schilf und Schlinggestrüpp.

Ob hier Wasservögel brüten? Ein Nest im Verborgenen zu entdecken, würde mir jetzt gefallen. Vielleicht mit einer weichen Feder darin. Helle Eier mit blauen Sprengseln sind am schönsten, finde ich (und schmecken in der Osterzeit auch gut, sofern sie aus Schokolade sind).

»Weißt du, dass wir im Weihnachtsbaum mal ein leeres Vogelnest gefunden haben?«, erzähle ich Felix, während ich mich weiter vorwärts wage.

»Echt? Ich suche am nächsten Tag immer nach einem übrig gebliebenen Geschenk.«

»Hätte ich gewusst, dass du Geburtstag hattest ... Vielleicht finde ich ja noch etwas für dich?«

»Ach, nicht nötig«, antwortet er hinter mir, aber ich wette, in seinen Wangen bilden sich gerade wieder die kleinen Glücksgrübchen.

In der Mitte des Inselchens ragt etwas Gebogenes aus Eisen auf. Ob die Piraten, von denen Felix sprach, hier ihre Fahne gehisst haben? Es könnte auch ein Wetterhahn sein ... Schade, dass ich nicht näher herankomme, ohne mich völlig zu zerschrammen. Also trete ich den Rückzug an, erreiche Felix und reibe mir über Arme und Beine.

»Du frierst ganz schön, hm?«

»Wir sind weit geschwommen.«

»Schaffst du's zurück?«

»Ja, ja.«

»Das ist gut, du wirst nämlich leider allein schwimmen müssen.«

»Wieso?« Ich erschrecke. »Hast du etwa schon wieder einen Krampf?«

»Nö.« Felix kichert. »Ich bin von Natur aus faul und hab ein Taxi bestellt.«

8

Oma und Opa holen uns mit dem Tretboot ab. Sie haben sogar ein langes Seil dabei, um es als Leine um Zackis Hals zu binden. Unser Beiboot zockelt fröhlich hinterher, während wir in Handtücher gehüllt auf der rückwärtigen Fläche sitzen.

»Ich wusste nicht, ob dein Winken ein Hilferuf war?« Opa dreht sich zu mir um.

»Nein, Opa, das war nur ein Gruß.«

»Aber es ist trotzdem nett, dass ihr kommt«, ergänzt Felix. »Ich dachte, zur Insel sei es gar nicht so weit. Sie hat sich, während wir schwammen, einfach immer weiter von uns wegbewegt.«

Oma lacht. »Das kann sie nicht.«

»Wenn es Wanderdünen gibt, gibt es auch Wanderinseln!«

»Der Wels verschiebt sie«, schlage ich vor.

»Dem Wels ist diese Insel heilig«, erklärt Opa. »Wisst ihr, woraus sie besteht?«

Wir raten: »Aus einer bewachsenen Boje? Aus gestapelten Fischgräten? Aus Millionen Muschelschalen?«

»Alles kalt, ganz kalt. Einen Hinweis gebe ich euch: Sie

steht fest auf dem Grund. Tief unten ist sie breit, aber nach oben hin wird sie immer schmaler. Die Spitze ragt aus dem Wasser.«

»Ein Turmschneckenhaus!«, ruft Oma und klatscht in die Hände.

»Schon wärmer«, lobt Opa. »Aber wartet bis heute Abend, nach dem Essen erzähle ich's euch. Jetzt muss ich treten. Ich hab nicht so viel Puste.«

Felix schubst mich freundlich an. »Das ist mein bester Urlaubstag bisher. Und für dich?«

»Mein erster«, antworte ich.

»Als der Wels klein war, lebte er glücklich im Ursee. Das Wasser hatte genau die richtige Temperatur, es schmeckte gut, trug und streichelte ihn. Und natürlich hatte er viele Geschwister. Das ist sehr lange her und seitdem ...«

»Bald achtzig Jahre«, sagt Oma dazwischen.

»Ach, Maria! Du wolltest doch dein Sudoku machen.«

»Das läuft mir nicht weg. Moment!« Oma steht zwar auf, aber nur, um sich ein Kissen zu holen.

»Jetzt bin ich raus«, mault Opa.

»Du hattest doch noch gar nicht richtig angefangen, Paul.« Sie zieht mich gemütlich zu sich ran. »So. Jetzt kannst du loslegen!«

Felix und ich tauschen ein Zwinkern.

Mein Körper fühlt sich nach dem sportlichen Tag angenehm müde an. Die Haut prickelt von der Sonne. Die Augenlider sind schwer und die Füße wollen's kuschelig haben. Meine liegen auf Opas Schoß, Felix hat Zacki als Stütze.

»Der Ursee ist längst verschwunden. Ihr findet ihn auf keiner Landkarte mehr.« Opa nippt an seinem Weinglas. »Ich muss erst mal in Stimmung kommen«, sagt er verlegen, aber niemand drängt ihn. »Irgendwann kommt im Leben eines jeden Tieres der Moment, in dem es spürt, dass es jetzt allein zurechtkommen muss. Die Mutter unseres Welses hatte längst eine neue Kinderstube.«

»Deine Mama hat übrigens angerufen, Merle! Sie sagt, dass sie gut nach Hause gekommen ist und ich dich grüßen …«

»Maria!«

Oma zuckt zusammen. »Bin jetzt still, versprochen.«

»Der Wels wandte sich mit seinem besten Freund flussabwärts. Sie wollten sich gar nicht weit vom Ursee entfernen, doch die Strömung erfasste sie, und obwohl sie ihre Flossen trainiert hatten und sich quer stellten, schob der Strom sie in wenigen Stunden so weit fort von ihrem Heimatsee, dass sie ahnten, ihn niemals wiederzusehen. Zwar waren sie ausgewachsen und wollten mit ihren jungen, starken Barteln neue Schlammgründe ertasten – aber es erfüllte sie mit Wehmut. Und auch Angst, natürlich, denn sie wussten ja nicht, wohin der wilde Fluss sie treiben würde. Bei jedem Wehr, bei jedem kurzen Flug durch die Luft hinein in die wirbelnde Gischt klopften ihre Herzen, und wenn sie an einer Biberburg vorbeitrieben – Raubritter sind diese Biber –, wagten sie kaum zu atmen. Endlich wurde der Strom breiter und begann träumerisch zu mäandern, durch Täler … und Wiesen …«

Opa malt die Flussschleifen mit der Hand nach. Die Augen

hat er geschlossen, die Hand fährt haarscharf am Weinglas vorbei. Oma beobachtet ihn falkenäugig, wagt aber nicht, sich zu mucksen.

Felix hat auch die Augen zu, fällt mir auf.

»Große Reiher mit grimmigen Gesichtern standen still im flachen Wasser und warteten auf Beute. Der Wels, müsst ihr euch vorstellen, sah sie von unten leicht verzerrt wie ein verwackeltes Foto: lange Beine, gedrungene Körper und Schatten werfende Schnäbel. Scharfe Dolche sind das, tödlich, wenn sie plötzlich herabsausen, und nicht wenige Male verfehlten sie den Wels nur um Bartelbreite.«

»Zack!«, entfährt es Felix.

»Ja, Überleben ist oft Glücksache«, bestätigt Opa und nutzt die Gelegenheit, noch einen Schluck Wasser zu trinken. Opa hat die lustige Angewohnheit, stets mehrere Getränke vor sich stehen zu haben. »Der Freund unseres Welses wurde gepackt und gefressen.«

Felix richtet sich auf. »Hat er so unserem Wels das Leben gerettet?«

Opa ist einen Moment überfragt.

»Ich hol uns mal was zu knabbern. Ich hab irgendwo eine Tüte Chips ... Merle, zünde mal bitte das Windlicht an«, sagt Oma.

»Gut, dass ihr Oma nicht in eurer Klasse habt«, murrt Opa, »da würdet ihr nichts lernen.«

Felix und ich lachen. Opa hat überhaupt keine Ahnung, wie es in der Schule ist. Er weiß wohl auch nicht, dass wir uns eigentlich keine Geschichten mehr erzählen lassen. Dass der ganze Abend – nein, der ganze Tag und Ort hier – sonderbar und außergewöhnlich sind. Nur wenn wir nicht dran denken, was man normalerweise so tun würde, können wir noch ein bisschen weitermachen.

»Der Fluss spülte den Wels in einen herrlichen See. Auch wenn er allein war und sich erst behaupten musste: Er genoss den Sommer, wuchs und traf andere junge Welse. Als aber im Herbst die ersten bunten Blätter übers Wasser trieben, erfasste Unruhe die Seebewohner. Der Winter werde hart, munkelten die Schwarzschwanzaugen. Sie boten den Fischen an, sie in eine Höhle zu führen, in der sie vor dem *Gläsernen Tod* sicher seien. Aber den Schwarzschwanzaugen ist nicht zu trauen.«

»Die sehen aus wie Aale, stimmt's?«, murmelt Felix.

»Oder wie Muränen, die sind auch ziemlich gruselig«, ergänze ich.

»Meint ihr, unser Wels hat den Schwarzschwanzaugen vertraut?«, fragt Opa.

Wir schütteln die Köpfe.

»Stimmt. Der Winter kam und mit ihm die ersten weißen Flocken. Bald gelierte das Wasser. Im See wurde es still. Trägheit befiel die wenigen Tiere, die noch da waren. An der Oberfläche wuchs eine silbrige Haut; Eis lähmte das Leben. Schmatzschnecken gab es längst nicht mehr. Unser Wels hungerte und litt unter Einsamkeit. So fahl und trübe war das Licht!«

»Oje«, macht Oma.

»Der Wels träumte von den süßen Leckereien des Sommers: von fetten Fliegen oder einer zappelnden Schnake, die am Gaumen so ein kitzeliges Gefühl macht. Er hatte solche Lust darauf, dass er einfach hochschoss und sein Fischmaul von unten gegen das Eis drückte. Autsch!«

»Äh, guten Abend. Ich wollte fragen, ob Merle Lust hat, im Freizeitraum Tischtennis zu spielen? Oder Billard?«

Wie ertappt drehen wir uns um. Im Dämmerlicht erkenne ich, über das Geländer der Veranda gelehnt, einen der Mountainbikebrüder. »Piet!«

Felix ist alles andere als erfreut.

Opa sieht aus, als wäre ihm seine Erzählung peinlich.

»Das ist nett von dir, Piet«, sage ich eilig, »aber jetzt sitzen wir hier gerade und hören uns was an.«

»Ach so.« Piet weiß wohl auch nicht recht, woran er bei uns geraten ist. »Was denn?«, fragt er.

»Die Geschichte vom Wels«, knurrt Felix feindselig.

»Wo ist denn dein Bruder?«, fragt Oma.

»Meine Eltern fahren gerade mit ihm ins Krankenhaus. Er hat sich in der Garage beim Basteln einen Schraubenzieher unter den Fingernagel gejagt und abgerissen.«

Felix stöhnt. »Warum bist du nicht mitgefahren?«

»Ich war gestern schon da.« Piet traut sich heran, schnappt sich einen freien Stuhl, streckt die Beine aus. »Oder darf ich nicht?«

Am Tisch unsicheres Schweigen, das ich schließlich breche: »Doch – wenn du uns nicht störst.«

»Nööö. Ach, übrigens, Herr Kuchendorf«, er wendet sich an meinen Opa, »der Fisch da war festgefroren, stimmt's? Timmi ist mal an einem Laternenpfahl festgefroren. Wir hatten gewettet, ich weiß nicht mehr, worum's ging, und er hat verloren und musste bei Minusgraden einmal mit der Zunge am

Laternenpfahl lecken. Und die ist festgeklebt. Ja, wirklich! Die Feuerwehr musste kommen, er hat die ganze Zeit da so ...«

Piet streckt mir seine Zungenspitze entgegen. Ich weiche zurück.

»Schade, dass du das nicht warst und nicht immer noch da klebst!« Daraufhin wird Felix von Piet getreten und Piet von Felix »dummes Blag« genannt.

Oma steht wieder auf und ruft: »Vertragt euch, Jungs!«

Wieder verlegenes Schweigen, dann krächzt Opa leise: »Ja, Piet, du hast recht, der Wels ist damals festgefroren. Doch im Gegensatz zu deinem Bruder konnte ihn niemand befreien.«

»Hatte er keine Freundin?«, fragt Piet keck, worauf Felix jetzt versucht, Piet zu boxen. Blitzschnell gehe ich dazwischen und ergreife seine Hand. Eine Sache von Sekunden, seine und meine Hand, dann Ruhe.

Erleichtert atme ich auf.

Opa sagt: »Was meint ihr, was der festgefrorene Wels da alles von unten sah: Kinder, die auf Kufen über ihn hinwegflogen, ganze Pferdekutschen, die über das Eis fuhren. Er lernte viel über das Leben der Menschen in dieser Zeit.«

»Und im Frühjahr ist das Eis einfach getaut?«, fragt Felix.

»Ja, der Wels war zäh; er hielt durch und war eines Tages einfach frei. Seine Lippen blieben lange taub und eine Bartel war nicht zu retten. Er hatte, als er festgefroren war, zu sehr an ihr gerissen. Sie blieb in einer winzigen Eisscholle hängen und trieb lange auf dem See. Der Wels umschwamm sie noch ein paarmal, er wollte sich nicht von ihr trennen, doch dann sank die Bartel auf den Grund und weg war sie. Zum Glück hat der Wels ja ... wie viele Barteln, Merlchen?«

Ich zeige ihm die Zahl mit meinen Fingern wie ein kleines Mädchen.

Opa nickt. »Unser hat nur noch vier. Wo er noch eine weitere verlor und warum eine besonders wertvoll ist, das sind andere Geschichten. Für heute sage ich Gute Nacht.«

9

Wie dunkel es draußen ist. Wenn ich mich aus meinem Dachfenster lehne, umgibt mich Finsternis. Die Nähe der Kiefer spüre ich nur: das Wiegen ihrer weichen Nadeln in der Nachtluft und ihr raues Streicheln über meine ausgestreckte Hand.

Felix schläft schon. Zumindest ist das Licht in seinem Dachzimmer eben erloschen. Bevor er ging – und er wartete extra, bis Piet sich verabschiedet hatte –, zeigte er mir, welches sein Fenster ist, was nicht nötig gewesen wäre. Denn das Blockhaus der Hahns steht nah und sichtbar, die anderen verdeckt der Wald.

Zu Hause ist es nie so still, nie so sehr Nacht. Vor allem im Sommer nicht. Bis zwei fährt die Straßenbahn, um fünf kommt Chiaras Vater von der Nachtschicht und der alte Waltmann sitzt praktisch ununterbrochen vor der Glotze. Jetzt denke ich zum ersten Mal wie Mama und Papa, dass ich den Krach vielleicht gar nicht vermissen werde. Selbst Chiara fehlt mir gerade nicht, da ich Felix' Fenster sehen kann. Oder besser, sehen könnte, hätte er seine Leselampe noch an.

Meine ist auch aus, denn obwohl im Päckchen das neue Buch meiner Lieblingsautorin war (sicher ein Tipp von Mama), hab ich lieber mit Oma auf dem Bett gesessen und mir erzählen lassen, wie Papa als Kind war.

»Ganz anders als du, er wollte nie von deinem Opa Geschichten hören.«

»Ich bin ja auch nicht Nikos *ganz* richtige Tochter«, habe ich gesagt. »Meinst du, wenn das Baby kommt, wird Papa dann anders, weil es seins ist? Wird er …?«

Ich musste die Frage abbrechen, sie nur zu denken, macht schon traurig. Ich weiß es, denn ich habe sie in letzter Zeit oft gedacht. Fast so oft, wie die Straßenbahn bei uns vorbeifährt.

Oma hat trotzdem verstanden. »Kein bisschen anders. Niko liebt dich als seine ganz richtige Tochter, denn du bist ganz richtig. Es gibt keine Fast-Richtigen oder Dreiviertel-Richtigen oder 97,432-Prozent-Richtigen. Das ist alles Unsinn.« Ich musste lächeln und Oma hat zärtlich an meinem Fuß gezuppelt, der unter der Bettdecke hervorguckte.

Ich werfe einen letzten Blick zu Felix' Fenster hinüber, zum See (auch dir Gute Nacht, Wels!) und zum weiten Sternenhimmel, der sich über den Zweigen öffnet.

»Du bist ganz richtig«, flüstere ich. Und meine uns alle.

In aller Frühe höre ich meinen Namen. Er mischt sich mit den Stimmen der Vögel, die durchs offene Fensterchen dringen. Ich gähne, blinzle – es wird gerade erst hell.

»Möchtest du mit uns schwimmen gehen?«

»Jetzt?« Ungläubig wühle ich mich aus dem Bett.

»Vor dem Frühstück ist es am schönsten.« Oma steht auf der Leiter, ich sehe nur ihren Kopf. »Komm schon«, sagt sie.

»Und das sollen Ferien sein?!«, maule ich, aber eher pflichtbewusst, weil ich doch nun ein Teenager bin und dies nicht gerade die angesagteste Art ist, Urlaub zu machen. Aber ich muss ja niemandem verraten, dass ich freiwillig um sieben Uhr aufgestanden bin.

Und dann, im Wasser, ist dieser Satz von Oma wieder da, wie ein Zauberspruch: »Du bist ganz richtig!« Nur die letzten beiden Wörter braucht es, ich sage sie zu Opa, »ganz richtig«, und er antwortet mit einem zustimmenden »Hmm«, als wir langsam durch die unberührte dunkelgrüne Kühle schwimmen, über der weißer Dunst aufsteigt wie weiche Angorawolle. Ich fühle mich wie der Wels in seinem Ursee: getragen und liebkost vom Wasser, als hielte Mama mich in ihrem Lieblingspullover umarmt.

Zurück am Ufer, schicken sie mich in den kleinen Laden zum Brötchenholen, und ich laufe summend und barfuß, während die nassen Haare in der Sonne trocknen und sich im Nacken verkrüseln und verzopfen, wie sie das gern tun, wenn sie nicht gebürstet werden. Ich stehe vor der Theke und überlege, ob ich noch Rosinenschnecken dazunehmen soll, als jemand zart an meinen Haaren zupft. Bevor ich – Gänsehaut! – herumfahren kann, sagt eine Stimme: »Du hast Bartelzöpfe, du mutierst zur Fischfrau!«

Felix’ Grinsen und das Kitzeln, das immer noch in meinem Nacken sitzt, machen mich sprachlos.

»Soll ich dich und Zacki gleich wieder abholen? Sind wir verabredet?«

»Ja.«

Immerhin: Meine Zunge funktioniert noch. Sie schafft’s sogar, sich für die Rosinenschnecken zu entscheiden.

Die rosig-dickliche Verkäuferin hat ihren Spaß mit uns, zwinkert mal zu ihm, mal zu mir, als wäre da etwas, ein Blütenblatt auf meiner Nasenspitze oder Zahnpasta auf Felix’ T-Shirt (das im Übrigen aussieht, als ob er darin auch geschlafen hätte). Als ich meine Tüte in Empfang genommen habe und zu ihm »Ciao, bis gleich« sage, kann sie gar nicht mehr an sich halten: »Ach, Felix, das freut mich aber, dass du endlich eine Freundin hast!«

Mit knallrotem Gesicht verlasse ich den Laden. Zum Glück hab ich mich da schon umgedreht und keiner kann’s sehen. (Obwohl ich davon ausgehe, dass Felix sich über ihre Freude genauso wenig freut wie ich. Er stottert nämlich bei der Bestellung.)

Peinliche Erwachsene können aber auch lustig sein. Drei Blockhäuser weiter stehen zwei Hundebesitzerinnen in einem Quersträßchen und reden so laut, dass jeder, der vorbeigeht, hören muss, wie sehr sie sich für ihre Haustiere aufopfern. Die eine schiebt ihren alten Köter in einer Art Kinderwagen herum und beklagt seine Empfindsamkeit, die andere stöhnt, dass ihr junger, ungestümer Golden Retriever sich auf einem Rastplatz im Haufen eines anderen Hundes gewälzt habe.

»Ein Gestank im Auto! Bei der Hitze gestern!«

Im Rücken der Frauen steht ein Mädchen. Als ich sehe, dass es das Gerede mit übertriebenen Gesten nachahmt und pantomimisch kommentiert, bleibe ich stehen und muss mir das Lachen verbeißen. Die Fremde – kurze, aber wuschelige blonde Haare mit einer dicken hellgrünen Strähne, die wie eine Raupe über ihren Kopf kriecht – ist so in ihr Spiel vertieft, dass sie mich nicht bemerkt. Sie ahmt das Geplapper nach, hält sich die Nase zu, verdreht die Augen und vollführt dann ein paar gekonnte Tanzschritte. Sie umarmt einen Partner, dreht sich, biegt den Rücken nach hinten, und als die Frauenstimmen sich zu einem neuen Höhepunkt hochschrauben, lässt sie sich mit einem Griff an die Gurgel und dramatisch verzerrtem Gesicht zu Boden sinken.

»Horrorfahrt und Horrorurlaub«, höre ich sie murmeln.

»Aber coole Show!«, antworte ich.

Erschrocken richtet das Mädchen sich auf, fährt sich durch die Haare. Die grüne Raupe ringelt sich dabei.

»Uuupps, peinlich«, stammelt es.

»Nö, du nicht. Die!« Ich nicke zu den Frauen hinüber. Sie überbieten sich jetzt mit der Auflistung ihrer Tierarztkosten. »Wusste gar nicht, dass es Rollstühle für Hunde gibt.«

»Aber hallo! Masseure, Friseure, Beschäftigungstherapeuten – alles gibt's. Ein Schweinegeld geben die für ihre Hunde aus, aber mein Jugendcamp hat meine Mutter mir nicht bezahlt.« Das Mädchen steht auf und scharrt unbehaglich mit seinen Stoffschuhen.

Mir fällt auf, wie nackt meine Füße sind, wie nass ich bin und wie sehr ich im klammen Badeanzug mittlerweile Gänsehaut habe. Fehlt nur noch, dass die Unbekannte mich auf Schwimmhäute zwischen meinen Zehen hinweist.

»Ich muss los«, sage ich.

»Ja«, antwortet sie knapp, »tschüss dann.«

Erst als ich mich schon ein ganzes Stück entfernt habe, ruft sie mir nach: »Bis später mal?«

Ich freue mich und winke.

Wie verabredet erscheint Felix gleich nach dem Frühstück mit einem Seil und einer kleinen Transportbox für ein Handtuch, Kekse, zwei Taucherbrillen und Schnorchel.

»Das sieht ja höchst professionell aus«, staunt Oma.

»Wird schließlich auch eine Top-Secret-Expedition«, antwortet er ernsthaft, »bekomme die Koordinaten direkt von der NASA.«

Oma lacht und zieht ihm die Baseballkappe über die Augen. (Wobei sie ihm Sonnencremefingerabdrücke auf dem Stoff hinterlässt. Sie ist nämlich gerade dabei, mir den Rücken einzucremen.)

»Grüßt mir meinen Freund. Er wird euch rechtzeitig warnen, wenn ein Gewitter aufzieht. Ihr wisst ja: dann sofort raus aus dem Wasser.« Opa zeigt in den strahlend blauen Himmel. Noch sieht man keine Wolke.

»Funkt der Wels über seine Barteln mit dem Wetterdienst?«, fragt Felix. »Hat er vielleicht sogar Smart-Flossen?«

Opa zwinkert. »Darüber darf ich einem einfachen Expeditionsteilnehmer leider keine Auskunft geben. Aber wenn meine Enkelin mich um ein paar Worte bittet, kann ich vielleicht heute Abend gegen alle Vorschrift und Vernunft davon berichten.«

»Auf jeden Fall«, sagen wir.

10

Auf dem Weg hinunter zum See halte ich vergeblich Ausschau nach dem Mädchen und werfe einen kurzen Blick in Piets und Tims Hof: auch dort niemand, keine Jungs, keine Räder, nur ein Haufen Werkzeug. Die machen den Wald unsicher, wir das Wasser.

Mit dem Seil bindet Felix die Transportbox auf Zackis Rücken fest. Der gleitet, wenn auch mit Schlagseite, munter los.

»Bepackt wie ein See-Esel«, kommentiere ich.

»Schreibt man das mit drei e?«

»Keine Ahnung.«

»Du bist bestimmt gut in der Schule. Mädchen sind oft schlau. Bei uns in der Klasse zumindest. Ich sitz zum Glück neben einer, die mich abgucken lässt: Yasmin. Die kann schön schreiben, schnell und groß. Die Schrift entziffer ich sogar noch, wenn bei einem Test die Tische auseinandergezogen werden.«

»Deine Freundin?«

»Nö, sie schiebt nur das Heft rüber.«

»Aber doch, weil sie dich mag.«

Ich helfe Chiara ja auch. Leider sitze ich am Rand, Chiara dagegen in der Mitte, zwischen mir und Tessa. Wenn die im Unterricht miteinander flüstern, bin ich raus. Aber nach den Ferien wird's sowieso anders: neuer Raum, neue Plätze … Hoffentlich sitze ich dann nicht allein.

Mir kommt ein Gedanke: »Wo wohnst du eigentlich, Felix?«

»Wolfsburg – und du?«

»Zu weit weg.«

»Würdest du sonst in meine Klasse kommen?«

Ich zucke die Achseln. Wäre es doch im ganzen Leben so einfach wie mit Felix!

»Ich würde mich neben dich setzen.«

»Danke.« Ich glaube, ich meine das ernst.

Uferschlamm quillt durch die schmalen Lücken zwischen meinen Zehen, das fühlt sich unerwartet schön an.

»Aber nur, wenn du wirklich so schlau bist wie Yasmin!«

Ich spritze einen Schwung Wasser zu ihm rüber. Dann flott vorwärtsgewatet – mit Vogelschritten (die mit den langen Beinen) – und reingeplatscht. Wie angenehm es duftet! Ich tauche durch die milchige, moorige Grünteefarbe und fühle mich wie eine Nixe, eine grazile Unterwasserturnerin, die beim Hochkommen ihre herrlichen Haare zurückstreicht.

Ich liebe es, im Wasser zu sein. Es nimmt einem jede Schwere, macht den Körper biegsam, die Haare weich – wie wohl die grüne Raupensträhne des Mädchens von heute Morgen darin aussieht?

Felix steht noch im Flachen. Sieht mir mit gegen das Sonnenlicht blinzelnden Augen zu, sieht überhaupt ziemlich geblendet aus, der Junge.

Angriffslustig frage ich: »Geht's los? Oder glotzen wir bloß?«

Er wird rot, schnaubt aber entrüstet. »Wusstest du, dass der Wels seine Abenteuer nur mit ganzen Kerlen unternimmt? Schwache Weibchen halten die Strapazen gar nicht aus.«

»Und wusstest du, dass der Wels, wenn er ein Weibchen anspricht, leicht mit einem Goldfisch verwechselt wird?«

Felix läuft noch mehr an. »Wenn, dann bin ich ein Koi. Die sind was wert.«

»Und ich bin ...«

Ich überlege. Bei dem Mädchen wäre es einfach, die wäre eine Regenbogenforelle. Was könnte zu mir passen? In den letzten Tagen hätte ich gesagt, ich sei ein Grottenolm, so blass und geknickt war ich; jetzt würde ich mich fast eher zu den Raubfischen zählen.

Felix schwingt sich auf unser Boot, als wäre er der Boss.

»Du bist ein Moderlieschen, Merle.«

»Wie nennst du mich?« Empört will ich ihn herunterziehen, aber er wehrt sich.

»Die gibt es! Hat dein Opa mir gesagt! Ein Moderlieschen war die beste Freundin vom Wels. Und du heißt Merle-Luise, Monaliese-Moderliese!« Er rollt die Augen, wirft sich auf Zackis Hals und lässt eine Salve Lippen-auf-nasses-Plastik-Pustefürze hören.

Wenn er glaubt, dass mich das aufbringt, hat er sich getäuscht. Merle-Luise ist ein schöner Name, etwas an mir, das ich immer gemocht habe und das sich zum Glück auch nicht ändert. Das mir in meinem alten Zuhause lieb war, das ich hier am See hab und das ich auch wieder mitnehme, wohin auch immer; das bin ich, das ist meins ...

»Mein Zacki ist das!«, rufe ich. »Krokodile fressen übrigens Kois am liebsten!« Ich kämpfe mich von hinten auf das Boot hinauf, wo mir wegen der Box nur wenig Platz bleibt.

»Endlich startklar auf den billigen Plätzen?!«

»Mach mal lieber Tempo da vorne! Hepp, hepp, Käpt'n Koi, die Schwarzschwanzaugen greifen an!«

»Dann schnell weg!«

Ein Blick zurück zum Ufer. Oma und Opa sind noch nicht da, aber ihre Liegen stehen schon auf ihrem Platz unter dem Baum. Eine getigerte Katze streift eben daran vorbei, reibt ihr Köpfchen daran, springt hinauf und macht sich's für ein Schläfchen bequem. Über den Badesteg geht eine sehr dicke Person, nur als Silhouette zu erkennen gegen das Sonnenlicht. Auch die anderen Schwimmer sind nur dunkle oder mitteldunkle Knubbel auf dem silbrig glitzernden Wasser.

Hissen wir die Segel, überqueren wir die Meere!

»Juhuhuu! Das Moderlieschen grüßt den König des Waldsees!«

»Sing mir nicht so schräg ins Ohr, sonst stürz ich noch ab!«

Wir halten uns zunächst in Ufernähe und setzen dann ganz professionell an der schmalsten Stelle des Sees zur Überquerung an.

»Dein Opa muss uns noch erzählen, was es mit der Insel auf sich hat. Ich wette, es ist ein versteinerter Riesenwels aus der Kreidezeit, der aussah wie ein Bronchosaurus! Damals hatten Welse nämlich noch richtig lange Hälse.«

»Das reimt sich.«

»Es reimt sich und schleimt sich.«

»Red nicht so vom König des Waldsees!«

»Oh, Verzeihung!« Felix planscht mit den Füßen. »Hört das Ihre Majestät? Sorry, Wels! Dem Wels gefällt's ... Ich brauch Abkühlung.«

Schon hat er sich – und mich und die Box beinahe mit – von Zacki ins Wasser befördert.

Nach dem Platschen folgt ein Moment der Stille. Rufe vom Ufer sind hier nicht zu hören. Ich bin weit draußen. Allein? Nein. Hoch über mir kreisen zwei Raubvögel, und dort, etwa zehn Meter entfernt, schwappt gerade eine kleine Welle. Ob das der Wels war? Ich habe nicht schnell genug hingeschaut. Ist Felix in dieser Richtung getaucht? Das Wasser lässt nichts erkennen. Es bewahrt seine Geheimnisse.

Müsste er nicht langsam hochkommen? Wolken ziehen auf, das Wasser kräuselt sich, schwarze ovale Inseln liegen auf jeder Welle, verdichten die Tiefe unter mir.

»Felix?«

Dieser Blödmann hält die Luft an!

Eine winzige Libelle zuckt an mir vorbei – so eine kleine hab ich noch nie gesehen: ein hellblaues, hauchzartes Wassergespenstchen.

»Felix?«, rufe ich.

»Buuuh!« Er taucht auf. »Ich hab den Wels geküsst!«

»Du Idiot! Glaubst du, der küsst dich?«

»Die Flossen hab ich ihm geküsst!« Felix' Patschehände, nass und kühl, suchen Halt und landen neben meinen Knien auf dem Boot. »Ich war tief unten, wo's immer kälter wird und du Angst kriegst, du kommst nicht wieder hoch – kennst du das, so 'n Gefühl, als müsstest du auf's Klo?«

»Nee.«

»Ist auch nicht schön. Puh. Ich brauch 'ne Pause.«

Er legt den Kopf auf die Hände, schließt erschöpft die Augen. Ich beobachte, wie sich sein Körper mit jedem Atemzug bewegt. Nass sehen seine Haare dunkler aus, als sie eigentlich sind. Im Nacken hat er, umrandet von roten Kratzern, einen dick geschwollenen Mückenstich. Der juckt bestimmt. Mit Spucke könnte man es lindern. Ich stelle mir vor, meinen Zeigefinger zu befeuchten und den Stich zu verarzten. Was Chiara wohl dazu sagen würde? (Oder das Mädchen mit der grünen Strähne?)

»Merle?«

»Hm?«

»Woran hast du gerade gedacht?«

»Nichts!«

»Du siehst erschrocken aus.«

Ich schiebe Felix' Kopf weg. »Ich hab an eine blöde Kuh aus der Schule gedacht. Man kann da viel falsch machen, wenn man etwas sagt oder tut, ohne vorher drüber nachzudenken.«

»Aber jetzt sind Ferien.«

»Ja«, antworte ich erleichtert.

11

Diese Seeseite ist Naturschutzgebiet. Es gibt keine Liegewiese, nur Gebüsch und Schilf, in dem jede Menge Radau herrscht. So was hab ich noch nie gehört. Ich meine, natürlich weiß ich theoretisch, dass es Frösche gibt und dass die grünen Hüpfer quaken, indem sie ihre Backen aufpusten; aber gesehen habe ich die noch nie so richtig. Ich entdecke sie auch jetzt nicht und sage zu Felix, ich würde zu gern mal einen in der Hand halten. »Nur kurz, um zu prüfen, ob er vielleicht ein Krönchen trägt.«

»Der Wels ist der König des Sees. Er duldet keine Konkurrenz«, behauptet Felix, lenkt unser Boot aber bereitwillig ans Ufer.

Wirklich märchenhaft sieht es dort aus. Ein morscher Steg mit einer schmiedeeisernen, geschwungenen Leiter ragt ins Wasser, dahinter erhebt sich eine mächtige Trauerweide, die sich über die ganze Landestelle wölbt. Anmutig hängen ihre Zweige herunter, bilden eine grüne Glocke, und die untersten Blätter tänzeln auf der Wasseroberfläche. Als wir vorsichtig den Vorhang aus Zweigen teilen, wird das Licht heimeliger;

wir sitzen im Schutz einer lebendigen Kuppel. Fast ehrfürchtig flüstere ich: »Ob der Wels ein verzauberter Prinz ist?«

»Ein Dickwanst mit gezwirbeltem Bart, den kein Hoffräulein wollte«, ulkt Felix. »Hast du mal eine goldene Kugel, die du ins Wasser werfen kannst?«

»Leider nicht, aber ich bin ja auch keine Prinzessin.«

»Und hast schon einen Dickwanst dabei.« Felix schielt zu mir herüber, ahmt die Zwillinge nach: »Fett schwimmt oben.«

»Quatsch. Das ist ein Rest Babyspeck, der wächst sich aus. Lass dich nicht von den Idioten ärgern.« Ich beuge mich über die Box und zwicke ihn in die Seiten.

Felix gluckst, fährt herum, wirft sich dabei versehentlich vom Boot. Taucht wieder auf, lacht mit all seinen Sonnensternchen und Glücksgrübchen im Gesicht.

»Der Steg da gehört zu einer verlassenen Villa. Die muss irgendwo dort drüben sein. Wollen wir die mal erkunden?«

Sehr gute Idee.

Wir binden unser Krokodilsboot fachgerecht an der Leiter fest. Laufen über den Steg, entdecken einen Trampelpfad und einen hohen, steinernen Torbogen, an dem blühende Rosen hochranken.

»Voll romantisch!«, freue ich mich, muss aber gleich darauf feststellen, dass das auch andere Menschen so sehen.

Das Liebespaar, das sich hinter dem Dornröschentor versteckt, hat schon fast alle Hüllen fallen gelassen. Die Frau kreischt bei unserem Anblick, als wären nicht wir es, die erschrocken sind. Der Typ scheucht uns weg wie lästige Fliegen. »Verschwindet hier! Geht woanders spielen!«

»Wir dürfen doch wohl hier langgehen!«, protestiert Felix.

»Heute nicht! Haut ab! Los, wird's bald, sonst mach ich euch Beine!«

Ich sehe das eigentlich genauso wenig ein wie Felix, aber ich will mich nicht mit dem Mann anlegen. Außerdem unternimmt man eine Ruinenerkundung besser sowieso nicht barfuß.

»Wir kommen ein andermal wieder«, entscheide ich und ziehe Felix zurück zum Steg.

»Verliebte sind bescheuert«, grummelt er. »Die glauben immer, alle müssten ihnen Platz machen. Wie bei meinen Brüdern. Verknallte sind unausstehlich.«

»Die haben ja auch einen Knall«, witzele ich.

»Genau.« Mutig geworden und schon sicher auf dem Boot sitzend, ruft Felix in Richtung Villa: »Viel Spaß noch beim Fummeln und F…«

Ich gebe ihm einen Klaps auf den Kopf. »Das sagt man aber nicht.«

»F-löhezählen, meinte ich natürlich … Schnell, falls der Typ uns folgt!«

Später ziehen wir in einer kleinen, nicht besetzten Kiesbucht Zacki an Land, richten einen Lagerplatz ein, finden Muscheln (braune Körbchen mit weißen Querstreifen, fast so schön wie die am Meer) und gemusterte Steine.

»Hier, schenk ich dir«, sagt Felix. »Ein Zauberkiesel, den hat der Wels in einer Geheimgrotte gefunden und für uns an Land gelegt.«

»Das macht der Wels nicht. Der mischt sich nicht bei den Menschen ein.« Ich setze mich auf das Handtuch. »Welse verlieben und küssen sich auch nicht.«

»Die sind schlau.«

»Ja, und sie haben Angst, ihre Barteln verknoten sich.«

Er gluckst. »Bartelsalat.« Die Kiesel knirschen unter mir, als er sich neben mir ausstreckt. »Wir müssten eigentlich ein Feuer machen – wie echte Eroberer.«

»Um die Kekse zu grillen?«

»Besser als Fische.«

Wir kauen und schweigen. Felix leckt sich weiche Schokolade vom Zeigefinger, angelt sich einen Krümel aus dem Bauchnabel.

Als er merkt, dass ich ihn beobachte, sagt er: »Mit leckerem Sonnencremearoma!«

»Brrr.«

»Was meinst du, was der Wels alles mitfressen muss?« Er wirft einen Keks ins Wasser. »Stockentenspucke …«

»… Reiherkacke …«

»… Gänseohrenschmalz …«

»Gänse haben doch keine Ohren!«

»Natürlich! Wie hören die denn sonst?« Felix hebt die Hände an den Kopf. »Die klappen ihre Ohren aus, wenn sie fliegen, als extra Tragflächen.«

Wir schweigen wieder.

»Wann holt der Wels endlich den Keks?«, frage ich.

»Das macht er wie die Gänse. Nur, wenn wir beide nicht hingucken.« Felix legt sich zurück, schließt mit einem wohligen Seufzer die Augen.

Die Wärme ist wirklich einschläfernd. Irgendwo singt ein Rotkehlchen. Gewittertierchen wehen durch die Luft. Obwohl es zwischendurch aufzuklaren schien, bin ich jetzt sicher, dass bald ein Wolkenbruch bevorsteht.

»Werden wir's zur tiefsten Stelle heute denn überhaupt noch schaffen?«

»Doch«, murmelt Felix und dreht sich auf den Bauch. »Wenn nicht gleich wieder deine Großeltern mit dem Tretboot angestrampelt kommen.«

Kichern. Keine Bewegungen sonst, nur unsere Münder, die sich was erzählen, leise giggeln und gibbeln.

Der Himmel scheint näher als sonst und der Streifen Hitze davor fast greifbar, wie eine Schicht Gelatine im Obstkuchen. Das Summen einer Hummel ist laut wie ein Hubschrauber. Felix' Atemzüge.

»Du schläfst doch nicht ein?«

»Nein!« Wie ertappt richtet er sich auf, neckt mich: »Moderlieschen.«

»Merle-Luise!« Ich tue empört.

»Klingt wie der Name von einem Schiff.«

»Nein.«

»Dann von einer Kartoffelsorte.«

»Blödmann!«

»Oder«, er dirigiert mit den Händen, »einer Symphonie, nein: einer Oper, so eine, in der sie mit weißen Perücken und weiten Röcken rumlaufen und *so* singen –« Er sperrt den Mund auf, als wolle er gähnen, jault: »Oh Möhrle, du Möhre!«

Ich schubse ihn, springe auf und sage: »Wenn überhaupt, ist es der Name einer Königin. Merle-Luise …«

»... die Erste«, ergänzt er und erschrickt dann über seine Worte. (Ich weiß sehr gut, was das für Worte sind, so Flutsch-und-weg-Worte.)

»Schwimmen wir weiter?«, frage ich.

»Klar!« Felix lacht sein Grübchenlachen. »Glück schwimmt oben!«

12

Haushoch ist die Felswand, die vor uns aus dem Wasser aufragt. Wir halten uns an den überhängenden Zweigen einer Weide fest und blicken scheu hinüber. Felix sitzt wieder vorn, ich hinten auf Zacki.

»18 Meter geht's hier runter«, sagt er ehrfürchtig.

»Haben die Prittstifte noch nicht Klippenspringer gespielt?«

»Nicht dass ich wüsste. Aber du kannst ihnen gern den Tipp geben. Du verstehst dich doch so gut mit ihnen.«

»Na und?!«

»Sie sind blöd zu mir.«

»Jetzt nicht mehr.«

Er schnaubt.

»Bestimmt nicht«, verspreche ich und schubse ihn mit dem Fuß. »Hepp! Weiter geht's!«

Ohne ein weiteres Wort paddelt er los. Ob's das Gespräch über die Jungs war, die er nicht mag, oder das ferne Flugzeuggeräusch, der aufkommende Wind – ich weiß nicht, plötzlich wirkt Felix verkrampft. Und auch ich werde ängstlich. Der

Felsen wirft einen gezackten Schatten: wie ein riesiges Maul, das uns genau jetzt verschluckt. Sofort wird das Wasser an meinen Füßen kälter. Unruhig ist es, kabbelig sieht es aus. Besonders dort, wo's an die graue Wand trifft, die überhängt, sich vorbeugt wie ein steinerner Riese mit knurrendem Magen.

Da, ein Donner!

Viel näher, als ich dachte. Sein Krachen presst uns an Zackis Rücken.

»Wir müssen zurück, Felix!«

Er nickt, brummelt aber vor sich hin: »Hatte mir vorgenommen, einmal die ganze Länge abzufahren. Die Prittstifte trauen sich nämlich gar nicht her. Ich schon. Siehst du die rostigen Eisenringe da? Gruselig. Wofür die wohl sind? Und da, die Gedenktafel: Ferdinand? 13 Jahre wurde der nur. Ob der aus der Villa war? Ob der hier …?«

»Den hat der Blitz getroffen. Im Ernst, Felix, das Gewitter kommt näher … und wahrscheinlich machen Oma und Opa sich schon Sorgen …«

»Ja, ja. Wir drehen um. Alles klar zum Wenden?!«

Das war bisher kein Problem. Aber diesmal klappt's nicht, wir sind aus dem Takt, unsere Verständigung hakt, er will links und ich rechts rum, und plötzlich knallt mir mit voller Kraft sein Ellbogen an die Schläfe. Für einen Moment sehe ich Sterne.

Ich bin unter Wasser.

Bin gefallen. Zu schnell, zu tief. Wirbelnde Luftblasen um mich herum.

Ich weiß aber noch, wo oben ist. Ich glaube, ich weiß es. Sicher bin ich mir nicht …

Felix ergreift meinen Arm, zieht mich hoch.

»Verdammt, was war denn das?!«

Zum ersten Mal höre ich ihn fluchen, während ich nach Luft schnappe. Da ist Zackis Flanke. Ich bin zu erschrocken, um mich hochzuschwingen, halte mich nur fest, während Felix uns an der Leine ins Schlepptau nimmt.

Erst mal verschnaufen unter der Trauerweide. Wir hocken auf einem feuchten Fleckchen Erde, das sonst Stockenten als Schlafplatz dient. Zwei Erpel sind watschelnd und schnatternd zur Seite gerückt, nun stecken sie ein paar Meter entfernt von uns die Köpfe ins Gefieder. Das würde ich jetzt auch gern tun: die Augen schließen. Doch mein Herz schlägt noch viel zu schnell. Zudem ist ein böiger Wind aufgekommen, der mir eine Gänsehaut nach der anderen über den Rücken jagt. Der Himmel hat sich weiter verdüstert und die Sonne verschluckt.

»Du hast mir das Leben gerettet, Felix.«

»Nee. Quatsch.«

»Ich glaub doch. Die Schwarzschwanzaugen hätten mich glatt gefressen.« Matt füge ich hinzu: »Sie waren zumindest kurz davor.«

»Wenn überhaupt, dann hat der Wels dich gerettet.«

»Ja ... der Wels.«

Ich lege den Kopf auf die Knie. Durch Blinzelaugen beobachte ich Zacki, der noch draußen ist und auf dem mehr und mehr bewegten Wasser schaukelt. Fortgerissen werden kann er nicht, Felix hat seine Leine um einen Ast geschwungen und verknotet.

Ein Prickeln in meinem Nacken. »Regnet's?«

»Bald. Einen Tropfen hab ich schon abgekriegt. Wir sollten los.«

Felix steht auf, hängt sich den Riemen der Box über die Schulter, holt Zacki ein.

»Ich kann auch was tragen.«

»Du siehst aber aus wie 'ne Wasserleiche.«

»Na, danke.«

Taumelig komme ich auf die Beine, fasse Zacki wieder um den Hinterleib, taste mich hinter Felix durchs Dickicht. Unterm Blätterdach des Uferdschungels hat sich die Hitze gehalten; die Kühle, die vom Wasser aufsteigt, weht nicht herüber. Doch wir finden kein Durchkommen.

»Irgendwo muss hier ein Trampelpfad sein«, hofft Felix. »Wir bräuchten eine Machete.«

Aber sosehr Zweige und Schilf an unserer Haut kratzen und an Zacki schaben, wir können den Pfad nicht entdecken. Über den See können wir auch nicht zurück. Es blitzt in der Ferne.

Auf einmal hören wir Stimmen, ganz in der Nähe: »Brems doch nicht dauernd, du Dummi!«

»Dann fahr du halt voraus!«

»Die Prittstifte!«, jubelt Felix. »Ausnahmsweise kann man sie mal brauchen.«

Er kämpft sich durch das Gebüsch. Zacki lässt er einfach los, und ich habe Mühe, ihn vor einem Sturz in die Dornen zu bewahren.

Auf dem Pfad bleiben die Jungs stehen.

»Wer bricht denn da aus dem Wald wie ein dickes Wildschwein?«

»Sehr lustig, ihr kleinen Nervensägen! Wir brauchen eure Hilfe.«

»Hey, lass mein Rad los, du Hähnchen!«

»Gut, dass ihr da seid«, rufe ich und versuche mich als Streitschlichterin. »Nennt Felix einfach immer bei seinem normalen Vornamen, dann verstehen wir uns!«

»Soll er das mal zuerst machen«, entgegnet Tim.

»Macht er ab jetzt. Stimmt's, Felix?«

»Felix Hähnchen«, murmelt Piet.

»Schnauze!«, schreie ich, was in der Lautstärke auch nötig ist, denn nun zeigt der Wind, wozu er fähig ist: Meine Haare fliegen mir ums Gesicht und die Pappeln rauschen wie Wasserfälle. Einzelne dicke Regentropfen klatschen mir auf die Arme.

»Es geht los. Beeilung! Kann einer von euch unsere Tasche nehmen?«, bitte ich die Jungs.

Piet streckt stumm die Hand aus. Ein Knuff von mir und Felix reicht ihm die Box.

»Ich könnte versuchen, euer Kroko zu transportieren, aber ich fürchte, dann kipp ich um«, sagt Tim.

»Das nehme ich schon«, bestimmt Felix. »Aber du könntest Merle dein Rad leihen. Sie ist gerade nicht so fit.«

Und bevor ich protestieren kann, hat er den Zwillingen schon erklärt, was vorhin passiert ist, wie er mich versehentlich am Kopf getroffen, ausgeknockt und ins Wasser geschubst hat.

»Du bist aber auch ein Idiot, Felix Hahn«, knurrt Piet und zu Tim gewandt: »Los, joggen, Bruder!«

Der steigt sogleich vom Rad, hält mir den Lenker hin und sprintet hinter Piet her. Ich höre sie rufen, dass sie's vor dem Regen zum Platz schaffen werden – »Wetten?!« –, dann bleibt nur noch eine Reifenspur auf dem Weg, in der sich mehr und mehr Tropfen sammeln.

»Okay so?«, fragt Felix.

»Das war nicht deine Schuld, es war ein Versehen! Davon müssen die anderen nichts wissen.«

»Doch, war meine Schuld. Aber jetzt komm!« Er rennt mit Zacki voraus und ich steige auf Tims Rad. Wundere mich, wie schnell Felix laufen kann, sogar mit Plastikkrokodil über dem Kopf.

Kurz vorm Ziel (die Liegewiese schon in Sicht) holt uns das Unwetter ein. Der Himmel ist bedrohlich schwarzblau und von der hohen Linde wirbeln unzählige schmale gelbe Blätter herunter. Wie Fallschirmchen trudeln sie auf mich zu, und ich kann nicht anders, ich stoppe, schaue auf.

Wahnsinn, welche Wucht sich da über mir gerade zusammenbraut!

Felix, den ich gerade noch überholt habe, läuft an mir vorbei, erreicht die Liegewiese, legt Zacki ab und bringt sich selbst unter dem Dach des Bootsverleihhäuschens in Sicherheit, wo die Brüder auf der Bank sitzen und sich über die restlichen Vorräte in unserer Expeditionskiste hermachen. Ich höre die Stimmen der drei Jungen, kann die Worte durch den Wind aber nicht verstehen.

Mein Herz klopft vom schnellen Radeln. Noch eine Minute, maximal, dann bricht der Sturm los. Nirgends sind mehr Menschen im Freien, und ich schätze, sogar der Wels hat sich verkrochen. Der Regen nimmt zu. Wo die Tropfen aufs Wasser treffen, entstehen erst silberne Ringe, dann flache, spritzende Fontänen, die schließlich mit dem prasselnden Wasser von oben verschmelzen.

Im Nu bin ich durchnässt.

Die Jungs rufen meinen Namen.

Und noch einen: »Zacki!«

Der Sturm ist so stark, dass er unseren Freund erfasst hat. Er lässt ihn über den glatten Badesteg schlittern, sich auf den Rücken drehen und tanzen wie einen unfreiwilligen Breakdancer. Dann wirft er ihn ins Wasser.

Einem Plastikkrokodil kann nichts passieren. Es kann auch nicht ertrinken. Es fühlt nichts.

Trotzdem!

Felix und ich laufen gleichzeitig los. Ich muss das Rad hinlegen und erreiche eben den Anfang des Stegs, als Felix schon über die Bohlen patscht und sich am Ende mit einem filmreifen Hechtsprung auf den Bauch wirft – und gerade noch Zackis davonsausende Leine zu fassen bekommt.

Unterm Dach erwarten uns Tim und Piet mit offenen Mündern und inzwischen angebissenen Keksen.

»Starker Einsatz!«

Piet streckt Felix die Hand entgegen, High five.

Ein Friedensabkommen, denke ich.

Auch Tim klatscht Felix ab, zuckt dann aber zusammen. »Mist, mein Verband darf nicht nass werden!«

»Zu spät. Musst du wohl heute Abend noch mal zum Doc,

der kennt dich ja schon.« Piet grinst. »Ich geh zu Merle rüber. Seemannsgarn-Geschichten hören.«

»Seemannsgarn handelt vom Meer«, sagt Felix, wenig erfreut.

»Voll unlogisch, Mann. Das wär ja Meermannsgarn!« Die Brüder lachen.

Ich auch. »Komm, Felix! Opas Geschichten sind doch für alle da.«

Er brummelt. »Aber nur, weil ihr uns gerade geholfen habt. Und nicht rumerzählen! Wer weiß, wer sich sonst noch einschleicht …«

Darauf fällt Piet sofort etwas ein: »Hast du gesehen, dass Dana jetzt grüne Haare hat?«

»Nein! Ist die schon da?«

»Gestern Abend angekommen.« Und zu mir gewandt: »Vorsicht! Das ist eine echte Schreckschraube. Die braucht kein Mensch.«

»Ich habe sie schon kennengelernt«, erkläre ich zur Überraschung aller. »Ich finde sie sehr nett.«

Die drei Jungs stoßen ein gemeinschaftliches Protestgebrüll aus und erscheinen mir auf einmal allesamt schrecklich kindisch.

»Die hat uns ›kleine Affen‹ genannt!«

»Die wollte in unserm Baumhaus echt mal Duftkerzen anzünden!«

»Die macht sogar im Urlaub Diät und meint, ich sollte mir ein Beispiel an ihr nehmen!«

»Die wollte beim Sommerfest mal mit mir tanzen!«

»Scheint mir alles sehr vernünftig«, sage ich und muss mir

ein Lachen verkneifen, »natürlich außer der Idee, mit Tim tanzen zu wollen.«

»Sie kann einen tollen Kopfsprung«, gibt Felix zu. »Manchmal erzählt sie auch ganz abgefahrene Geschichten. Echt lustig. Wenn's mit ihr auch nie so gemütlich wird wie mit deinem Opa.«

13

Am Abend tröpfelt es noch immer. Ein angenehmes Geräusch im Hexenhäuschen, anders als in der Etagenwohnung. Es hört sich fast an, als säße man unter einem Baum. Felix verkündet fröhlich, er ginge von nun an nur noch zum Umziehen nach Hause, und so machen wir vier es uns mit einer Kanne Früchtetee auf einem Stövchen drinnen gemütlich. Oma krault mir den Rücken, während meine Zehen gegen Felix' stoßen und an dem kleinen Loch in seiner Socke pulen.

»Gut, dass du keine Barteln an den Zehen hast, sonst wäre mein Strumpf gleich hinüber.«

»Ich bin doch kein Wels, ich bin ein Moderlieschen!«

Opa hört mit und grinst verschmitzt. Man kann ihm richtig ansehen, wie er überlegt, was er uns nun dazu erzählen soll.

»Moderlieschen haben Zarteln statt Barteln«, helfe ich ihm auf die Sprünge, aber Oma bittet: »Erzähl erst mal vom jungen Wels, Paul!«

»Der hatte es nicht leicht«, beginnt Opa bereitwillig. »Die Männchen verglichen täglich die Länge ihrer Barteln und die Stärke ihrer Flossen. Sie nannten unsern Wels ›Winzling‹, darum zog er immer weiter. Durch einen Bach, der so wenig Wasser führte, dass er mit dem Bauch über den Boden schrappte. Noch weiter durch ein finsteres Rohr, aus dem es kein Entrinnen zu geben schien, bis er mit seinen Barteln ein Gitter aufhebeln konnte und unser Wels wieder in einen See fiel: einen fröhlichen, viel bevölkerten mit Groppen, Sonnenbarschen, Plattschmerlen und –«, Opa betrachtet amüsiert, wie Felix' und meine Fußsohlen sich gegeneinander stemmen, »und Moderlieschen.«

»Die haben Plattflossen«, behauptet Felix prompt.

»Beweg du doch bitte mal *deine* Plattfüße und lass den Falter raus«, fordert Oma ihn auf. »Der fliegt schon eine Weile gegen die Scheibe. Irgendwann verbrennt er in der Kerze.«

»Das mache ich.« Ich schnappe mir ein leeres Wasserglas und ein Stück festes Papier. Bei Schmetterlingen muss man sehr aufpassen, dass man die Flügel nicht berührt, sonst verletzt man sie. Ich stülpe das Glas über den geheimnisvollen Gast und trage ihn behutsam zum Tisch, damit alle ihn anschauen können. Wild stößt er gegen die Wände seines Gefängnisses: ein wuselndes, wirbelndes Wesen, weich und zerdrückbar, wie eine Wollmaus, eine große braune Staubflocke.

»Das ist aber ein Kaventsmann«, staunt Oma.

»Ein Nachtpfauenauge. Das ist der Wels unter den Schmetterlingen.«

Ich wundere mich, dass Felix das weiß. Als ich ihm einen anerkennenden Blick zuwerfe, zwinkert er listig, so wie auch die Augenflecken auf den Flügeln des Falters zu blinkern scheinen. Der hält nun still und zeigt seine ganze Schönheit.

Die Zeichnung ist nicht so bunt wie beim Tagpfauenauge, aber die Dämmerung hat eben ihre eigenen Farben.

»Der eine Hinterflügel ist ja ordentlich zerfetzt«, bemerkt Felix. »Vielleicht hat er eine Begegnung mit einer Katze gehabt, die mit der Pfote nach ihm geschlagen hat. Oder er ist schon so lange unterwegs wie der Wels. Was meinst du, Paul?«

»Er kennt ihn, schätze ich. Nachts streckt der Wels nämlich manchmal die Nase aus dem Wasser und zieht die süßen Sommerdüfte ein. Einmal, es war August, der Himmel voller Sternschnuppen, wehte eben dieses Nachtpfauenauge vorbei und landete auf einer Bartel. Das kitzelte den Wels, und er war kurz davor, das Nachtpfauenauge zu verscheuchen. Es bat ihn jedoch darum, einen Moment pausieren zu dürfen. Schließlich bedankte es sich bei dem ›netten Riesen‹ und schickte sich an, sich wieder zu erheben. ›Welcher Riese?‹ Erstaunt sah der Wels sich um. Als er begriff, dass er mit dem Riesen selbst gemeint war, war er völlig von den Socken. – Äh, Socken passt natürlich nicht.«

»Von den Schuppen, von den Flossen ...«, überlegt Felix.

Opa nickt. »Seitdem kommt das Nachtpfauenauge regelmäßig vorbei und erzählt dem Wels von der Welt über Wasser. Deshalb kennt er die Landschaft rund um den See, als hätte er sie selbst überflogen. Heute Nacht wird er wohl erfahren, wie es in unserem Hexenhaus aussieht und wie unangenehm es ist, wenn man in einem Glas eingesperrt ist.«

»Schon verstanden, ich bringe ihn raus.« Ich springe auf und lasse das Nachtpfauenauge auf der Terrasse frei. »Grüß den Wels«, flüstere ich und lege kurz den Kopf in den Nacken, um nach Sternschnuppen Ausschau zu halten. Natürlich sind keine da. Wolkenfalter gibt es, dicht an dicht ziehen sie scharenweise über den See, und dort, wo eine Lücke entsteht, schaut der Mond hervor.

(Ich wüsste aber sowieso nicht, was ich mir von einer Sternschnuppe wünschen sollte. Im Moment habe ich alles, was ich brauche.)

»War die beste Freundin des Welses wirklich ein Moderlieschen, Paul?«, fragt Felix, als ich wieder hereinkomme.

»Könnte schon sein.«

»Wieso *könnte*? Du hast doch –«

»Ich habe nur gesagt, dass es im Welssee auch ein Moderlieschen gab.«

»Und in das hat er sich verliebt?«

Ich halte den Atem an.

Opa lächelt.

»Nun, er mochte es sehr. Sie lernten sich am Tag des schlimmen Gewitters kennen. Der Donner war so laut, dass Dutzende Fische vor Schreck an Herzschlag starben und auf den Weiden die Kühe reihenweise umfielen. Grins nicht so, Maria! Das war vor deiner Zeit, da wart ihr alle noch nicht geboren! Wie Pfeile schossen die Blitze in den See und töteten Tiere. Unserem Wels fuhr ein Blitz in die linke Bartel und verdrehte sie für immer zu einem Korkenzieher.«

Oma lacht.

»Da wurde er später natürlich mit aufgezogen.«

»Nur nicht vom Moderlieschen«, erklärt Felix und reicht mir die Schüssel mit dem Knabberzeug herüber.

»Wie heißt der Wels eigentlich mit Vornamen?«

»Oh Maria, nicht so blöde Fragen!«

»Ich wette, er heißt Günther.«

Opa erstarrt, sieht Oma groß an.

»Günther«, wiederholt sie. Dazu legt sie liebevoll ihre Hand auf Opas.

»Gut«, krächzt er, »heißt er also so.« Er gibt sich geschlagen. Ob er an einen bestimmten Günther denkt?

»Und sie? Die Freundin?«, will Felix wissen.

»Das ist aber wirklich ein Geheimnis«, bestimmt Opa. »Um den Wels ranken sich überhaupt jede Menge Geheimnisse. Deshalb gebt gut acht, dass ihr meine Geschichte nicht weitererzählt. Die Menschen jagen Welse ohnehin schon. Aber wenn sie erst einmal wissen, *wie* besonders unser Günther ist, werden sie nicht nachlassen, bis sie ihn an Land gezogen haben.«

Es herrscht ein Moment andächtiger Stille. Alle am Tisch hoffen inständig, dass der Wels nie aus unserem Badesee geangelt werde. Oma putzt sich vor Rührung sogar die Nase, sodass Opa jetzt ihren Arm streichelt.

»Übrigens, ihr wolltet doch wissen, was es mit der kleinen Insel auf sich hat. Während des schlimmen Gewitters brach ein Staudamm, und ein ganzes Tal, in dem auch eine kleine Kirche stand, wurde überflutet. In diesen neuen See, unseren See, gelangten der Wels und seine Freundin. Warum aus der Kirchturmspitze, die aus dem Wasser herausragte, später die kleine Insel wurde, erzähle ich vielleicht ein anderes Mal. Für heute bin ich nämlich so müde, als hätte ich all das selbst erlebt.«

Wieder lehne ich im Schlafanzug am Dachfenster. Frisch und klar wie in den Bergen ist die Nachtluft. Wie weit weg ich von zu Hause bin! Und doch: Als Papa anrief, um zu fragen, wie es mir gehe, habe ich ohne Zögern »sehr gut« gesagt, und als er entgegnete: »Ach, und dabei wollte ich dich morgen wieder abholen kommen!«, völlig perplex geschwiegen.

Was für ein Glück, dass Papa nur einen Scherz gemacht hat!

Meine Klamotten häufen sich auf dem warmen Holzboden, auf dem Tischchen liegen meine gesammelten Muscheln und Steine und an der Schräge prangt eine mit Tesafilm befestigte Zeichnung vom Wels. (Die hat Oma auf einer Serviette um einen Rotweinflecken herum gemacht, den sie als »Tränendes Welsherz« bezeichnet hat – so ähnlich wie die Pflanzen vor der Veranda. Wenn man im Frühjahr die noch nicht aufgegangenen Blüten mit den Fingern zusammendrückt, gibt's ein tolles »Plopp«-Geräusch, wie ich von meinem letzten, lang zurückliegenden Besuch weiß. Was aber keine Oma der Welt lustig findet.)

Ich höre sie unten: »Nicht nachschenken! Spinnst du, Paul, ich krieg einen Schwips!«

»Heute Abend trinken wir auf Günther«, antwortet Opa, auch nicht gerade leise.

»Du, das ist mir so rausgerutscht. Du bist doch nicht böse deswegen?«

Opa murmelt etwas, das ich nicht verstehe, obwohl ich neugierig durch den Raum zum Geländer hinüberschleiche.

»Traurig?«, fragt sie.

Jetzt knarren die Balken unter meinen Füßen, und das

Nächste, das ich wieder verstehen kann, ist Opas entschlossenes: »Prost, auf Günther, den Wels!« Dann klingen die Gläser, ich beuge mich vor mit Lauscheohren – und weiche gleich wieder zurück, denn ich will Oma und Opa auf keinen Fall beim Kuscheln zuschauen. Zufrieden krieche ich unter meine Bettdecke.

14

Beim morgendlichen Schwimmen sind wir drei die Einzigen im See – wenn man die Schwanenfamilie außer Acht lässt. Da zarte Nebelschwaden über dem Wasser liegen und wir alle schweigsam und in unsere Gedanken eingesponnen sind, bemerke ich die großen Vögel erst, als einer der Schwäne direkt auf uns zuschwimmt.

»Wir bekommen Besuch«, rufe ich fröhlich.

Opa dreht sich auf den Bauch, erschrickt. »Na, der ist aber alles andere als freundlich! Wir sollten lieber zum Ufer zurück. Maria!«

Der Schwan steuert zielgenau auf Oma zu, sie ist ihm am nächsten und uns ein paar Armlängen voraus.

»Maria!«

»Die hört nichts. Ich hab sie gefragt, was sie die ganze Zeit summt, aber sie hat nicht geantwortet.«

»Sie hat ihr Hörgerät nicht dabei.«

Opa ruft noch einmal, lauter, aufgeregter, und ich falle ein.

Der Schwan bleibt auch nicht stumm. »Huik, huik, huik«, zischt er und streckt seinen langen Hals angriffslustig vor.

»Himmel noch mal, das ist gefährlich! Der hat ordentlich Kraft ... Wenn der zuhackt ...«

Endlich checkt Oma die Lage. Sie klatscht mit beiden Armen aufs Wasser, woraufhin der Schwan drohend die Flügel spreizt. Hier im See ist er ihr deutlich überlegen, und wagemutig ist er auch, immerhin sehen Frau und Kinder zu.

»Huik, huik, huik!« Wütend wippt und hüpft der Vogel auf der Stelle.

»Zurück, Maria!«, ruft Opa.

Aber Oma flüchtet aus irgendeinem Grund nicht, sondern macht weiter Radau, nennt den Schwan »Rindvieh«, »Hornochse« und sogar »Dampfnudel«.

»Lenken wir ihn ab!« Ich lege mich auf den Rücken und strample wie verrückt mit den Beinen. Opa wirft ein paar Algenbüschel, die auf dem Wasser treiben, nach dem Tier. Und eitel, wie das Männchen ist, putzt es sofort sein Gefieder.

Das ist Omas Chance.

Im Eiltempo schwimmt sie Richtung Ufer, wir folgen ihr.

Kaum ist der Schwan allerdings wieder sauber, nimmt er die Verfolgung auf. Zum Glück kann Oma da schon im Uferwasser stehen, und als der Schwan sieht, wie groß wir Menschen tatsächlich sind, dreht er lieber bei. Nicht ohne Stolz, versteht sich. Er hat auf einen Streich dreimal so große Tiere wie er selbst aus dem See getrieben!

Ich laufe zu Oma, sobald ich die Wiese erreiche. Aus sicherem Abstand beobachten wir die Schwäne.

Schön sehen sie aus: elegante, anmutige Wesen mit niedlich in einer Reihe hinterherzockelndem, flauschigem Nachwuchs.

»Wir sind in sein Revier eingedrungen.« Opa legt Oma die Hand auf den Arm. »Alles in Ordnung?«

Sie nickt ein wenig atemlos. »Schwäne sind doch sonst nicht da. Noch nie hab ich hier welche gesehen!«

»Was heißt das schon«, antwortet Opa. »Sonst ist Merle nicht da, sonst erzähle ich keine Geschichten, sonst sprechen wir nicht über Günther.« Er schüttelt den Kopf, wie über sich selbst. »Na, vielleicht hat das Gewitter sie ja hierhergescheucht.«

Es brennt mir auf der Zunge, nachzufragen, wer dieser Günther ist, aber ich halte meine Neugier zurück.

Opa legt mir den Arm um die Schultern, und Oma meint trotzig: »Wenn der Schwan sich weiter so aufführt, soll ihn der Wels holen! Schnapp, schnapp!«

Sie klatscht in die Hände, hält dann aber inne, denn wir haben nun auch an Land Besuch bekommen. Ein Golden Retriever läuft schwanzwedelnd auf uns zu, seine Besitzerin ruft: »Morgen, Frau Kuchendorf! Na, da haben Sie ja schon ein Abenteuer erlebt!«

Die blonde Frau stellt sich zu Oma und Opa und will alles genau wissen. Ihre Tochter mit der grünen Raupe im Haar zieht dazu die schon bekannte Grimasse. Dann schlappt sie in ihren strassbesetzten Flipflops zu mir herüber, zieht eine Packung Himbeerkaugummis aus der Tasche ihres Jeansrocks und hält sie mir hin. (Wie's die Leute im Film mit einer Zigarettenschachtel tun, denke ich und grinse.)

»So sieht man sich wieder. Bin übrigens Dana.«

»Merle-Luise. Danke.« Ich schiebe mir den Kaugummi in den Mund, obwohl mir vor dem Frühstück nicht danach ist.

»Machen unsere Mütter wieder einen auf Dramaqueens? Ach nee, ist ja gar nicht deine Mutter.«

»Meine Oma.«

»Höchststrafe, was? Du tust mir echt leid, Melissa. Urlaub bei Oma und Opa – ich würd mich erschießen. Ich find's sowieso schon grottig, hier rumzuhängen, aber ich hab Mist gebaut – du willst nicht wissen, was – und darf zur Strafe nicht ins Ferienlager.« Sie seufzt tief und lässt den Kopf hängen.

»Du Arme«, sage ich, obwohl ich weder Melissa heiße noch diesen Urlaub gegen ein Ferienlager tauschen würde.

Dana lässt eine Kaugummiblase platzen. »Passiert mir nicht noch mal, dass ich mich erwischen lasse. Hör mal, wie meine Mutter wieder redet! Typisch! Ja, unser Hund wurde schon mal von einer Katze attackiert. Blablabla. Und gleich erzählt sie, dass der dämliche Piet gestern Abend eine Wespe in seinem Colaglas hatte. Die hat ihn hierhin gestochen«, Dana zeigt unter ihre Unterlippe, »genau da, wo meine Nachhilfe ein Piercing hat, aber innen, und der Stich wurde dick, also mussten sie mit ihm zum Arzt, obwohl sie gerade mit Tim von da zurückkamen.« Sie legt die Hände an die Stirn (ein Totenkopfring gähnt mich an) und stöhnt: »Die sind so hohl hier, die Jungs, nur Idioten weit und breit, das glaubst du nicht. Wo warst du eigentlich gestern? Ich hab gedacht, ich treffe dich mal, aber ...«

»Kennst du Piet und Tim gut?«, unterbreche ich sie. Ich will wissen, warum die Jungs gestern Abend mit ihr zusammen waren, obwohl sie doch zu uns kommen wollten.

»Meine Eltern sind mit van Joosts befreundet. Das sind Dauergäste, genau wie deine Großeltern. Zum Glück wird zumindest die Hälfte der Häuser hier ständig neu vermietet. Es gibt also noch Hoffnung, dass ein paar nette Neue ankommen und wir nicht die einzigen normalen Menschen hier bleiben.«

Ich weiß nicht, was ich darauf sagen soll. Über Piet und Tim zu lästern, ist okay, aber ich habe ja bereits einen netten Menschen gefunden. Ich öffne den Mund, doch Dana ist schneller. (Ein bisschen was hat sie durchaus von ihrer Mutter.)

»Hast du deine Zehennägel gar nicht lackiert? Darfst du aber doch, oder? Ich hab mir gestern diesen lila Lack mit den Aufklebern besorgt. Nicht schlecht, was? Ich hab noch was übrig, wenn du magst.« Sie stubst mich aufmunternd an. »Kannst zu mir rüberkommen! Ich helf dir auch mit den Aufklebern.«

»Äh … ja … vielleicht. Auf jeden Fall danke fürs Angebot.«

»Gerne. Wenn du mich suchst: Blockhaus 8. Oft sitze ich auch auf dem Spielplatz vor dem Café. Da gibt's am meisten zu sehen. Aber wenn's irgendwie geht, bin ich in der Stadt unterwegs. Am besten gibst du mir deine Nummer.«

Sie zückt ein Smartphone in pinkfarbener Hülle, wieder mit Totenkopf vorne drauf, weiße Kopfhörer baumeln daran. Als ich bedauernd den Kopf schüttle – ich habe kein Handy dabei –, steckt sie mir einen Knopf ins Ohr. »Gut, was?«

Ich nicke überrascht.

Jemand singt mit trauriger Stimme ein Liebeslied. Dana bewegt sich dazu, sehr tänzerisch und geschmeidig, obwohl sie die Musik kaum hören kann.

»Ziemlich düster. Von wem ist das?«

»*Nachtschwalben* heißt die Band. Ist bei uns aus dem Ort. Stell dir vor! Dafür lohnt es sich, in dem Kaff zu leben. Ich kenn den Sänger persönlich, das heißt: Ich hab ein Autogramm von ihm und ein Foto von uns zweien. Warte! – Hach, Mist, jetzt find ich's nicht so schnell.«

»Die Saxophonparts sind schön.«

»Die Jungs üben nur nachts und treten auch nur nachts auf, sind immer dunkelblau angezogen und haben klasse Tattoos. Und die Haare ... «

Ich zeige auf ihre Strähne und sie unterbricht sich, grinst.

»Das ist reiner Zufall. Aber die Musik, die ist Hammer mit Sternchen. Ich kopier sie dir, Melissa, extra für dich!«

»Das ist nett, aber ich heiße nicht Melissa.«

Dana nickt und tippt auf ihrem Telefon herum. »Ist ein schöner Name.«

»Schon, aber ...«

»Meine beste Freundin hieß Melissa.«

»Hieß?«

»Heißt noch. Aber sie hatte eine Woche vor den Ferien einen schweren Autounfall und wird demnächst auf eine andere Schule gehen, also, *falls* sie wieder richtig gehen kann.«

Ich glaube, mein Gesichtsausdruck ist dem eines Fisches jetzt sehr ähnlich. »Das tut mir leid«, stammle ich.

Dana nickt, wischt sich eine nicht vorhandene Träne von der Backe.

»Tja«, macht sie fast schnippisch, und ich stehe ziemlich bedröppelt da. (Was aber auch daran liegen kann, dass das nächste Lied des Sängers beginnt, das so gar nichts Melodisches hat. Ich ziehe mir den Stöpsel aus dem Ohr.)

»Kopier ich dir?«, fragt sie.

»Musst du nicht.«

»Kann ich aber leicht machen. Ich wollte die *Nachtschwalben* auch bitten, ein Lied für Melissa zu schreiben, aber ich weiß noch nicht genau, wie ich die anspreche.«

Sie sieht mich fragend an und deutet auf ihr Handyadressbuch. Hat sie mich doch tatsächlich als Melissa2 eingetragen!

»So will ich aber nicht genannt werden«, entfährt es mir.

»'tschuldige!«

Ich werde rot, weil meine Abwehr so heftig war und sie offenbar beleidigt hat. Zur Erklärung stammle ich: »Es tut mir wirklich leid für dich und deine Freundin, echt, aber du kannst mich doch nicht einfach umbenennen!«

»Ist ja gut.« Dana steckt ihr Smartphone weg. »Ich wollte dir einfach 'nen Gefallen tun. Dachte, du bist hier auch allein. Ach, nein«, sie schnippt mit den Fingern, als fiele ihr das gerade erst ein, »du hast ja jemanden. Hab dich gestern mit Felix Hahn gesehen. Im Wasser.« Jetzt mustert sie mich von unten herauf: meine mit Grashalmen und Blättchen gesprenkelten nackten Füße mit den unlackierten Zehen, den einfarbigen, nassen Badeanzug, die ungekämmten Haare. »Kennst du den schon länger? Wie findest du den?«

Sie könnte mich genauso gut fragen, was ich von einem Frosch halte, der gelben Glibber auf ihre schicken Flip-Flops spuckt.

Ich hole Luft. Ich bin nicht die Mutigste, aber was gesagt werden muss, sage ich auch.

»Gut«, antworte ich daher fest. Aber ich weiß leider nicht, ob Dana es hört (und hören will), denn im gleichen Moment wird sie von ihrer Mutter gerufen: »Komm, sonst gibt's bei Karin keine Brötchen mehr für uns!«

Dana läuft sofort los, schnappt sich die Leine des Hundes und tollt mit ihm davon.

»Ciao, Lissy, wir sehen uns!«, ruft sie für alle gut hörbar.

»Lissy?«, fragt Oma, als wir den Hügel hinaufgehen.

»Die spinnt«, erkläre ich kopfschüttelnd, weil ich selbst nicht genau weiß, ob ich Danas zweite Umbenennung meines Namens dreist oder vielleicht doch ganz schön finde.

Am Blockhaus ist Felix schon dabei, Zacki nachzupumpen und für eine zweite Expedition zur Steilwand zu bepacken. Piet und Tim wollen es wirklich wagen, dort runterzuspringen, erklärt er mir – sobald Felix und ich mit unseren Taucherbrillen ausgekundschaftet haben, ob es auch tief genug ist. Da verschiebe ich die lockere Verabredung mit Dana vorerst.

15

»*Mehr Seil, Piet!*«

»Dann flieg ich rein, ihr Dummis. Ihr müsst hochspringen!«

»Wie denn, bitte, im Wasser?«

Felix reckt die Arme, um an das Seilende zu gelangen, das Piet oben auf dem Felsplateau erst um eine Birke geschlungen und dann fest in beide Hände genommen hat.

»Von der Länge her müsste es passen, wenn es eng am Felsen anliegt. Sobald wir's durch den Ring da schieben, ist alles gut.«

Tim dirigiert von unten. Er schwimmt zwischen mir und Felix, der ganz nah an der Steilwand ist. Ich halte lieber Abstand, denn diese tiefe Stelle hier ist mir einfach nicht geheuer. Zu zweit hinüberzupaddeln, war wieder toll, aber dann wollte ich nicht mehr, dass Felix hinuntertaucht, und fand daher Tims Idee, ein Kletterseil über den Felsen zu spannen, spontan gut. Wofür das zu gebrauchen ist, kann ich mir zwar nicht so recht vorstellen, aber Hauptsache, Felix riskiert nichts. Momentan jedenfalls nichts, außer, sich lächerlich zu machen – wie ein Walross wirft er sich im Wasser herum.

Schön ist das: lautes Platschen und Lachen der Jungs, dazu viel Sonne. Keine Gewitterwolke weit und breit.

»Vorsicht, Steinschlag!«, schreit Piet plötzlich von oben.

Entsetzt hält Felix sich die Hände über den Kopf. Herunter saust eine kleine Kugel. Sie trifft seinen Ellbogen, springt ins Wasser und ist weg. Felix schreit auf.

Das nächste Teil aber, das herunterfliegt, wird von Tim aufgefischt. »Kiefernzapfen! Du bewirfst uns, du …« Es folgt ein Schwall Flüche, die dem Wels die Barteln zu Berge stehen lassen würden. Piet oben auf der Klippe hält sich den Bauch vor Lachen. Felix ist noch zu erschrocken, um zu schimpfen.

Doch Tim legt richtig los: »Dieser Bruder ist eine einzige Strafe! Zapfenkanonen – die hat er letztes Jahr auch auf das Wespennest geworfen, das wir in der verfallenen Scheune entdeckt haben. Sobald die Viecher kommen, wollte er schnell die Tür zumachen. Aber diese Tür, die war ja auch kaputt und die Wespen nicht doof, die flogen nämlich durch die Ritzen durch. Weißt du noch, wie viele Stiche ich letztes Jahr hatte, Piet?«, schreit er zum Felsen hinauf. »Und du hast gestern wegen einer einzigen Wespe so ein Theater gemacht!«

»Aber meine Lippe steht immer noch ab!« Piet beugt sich vor, um uns die Schwellung zu zeigen. (Als ob wir die hier unten erkennen könnten und nicht schon zur Genüge bewundert hätten!)

Da ist die Kante … noch ein Schritt …

»Pass auf!«, rufe ich.

Zu spät.

Piets Bein ist schon in der Luft, die Balance weg. Er wedelt mit den Armen, versucht, sich am Seil festzuhalten.

Felix ist direkt unter ihm. Er rudert rückwärts, während Piet wie ein wackelndes Flugzeug über ihm taumelt.

»Schnell, Felix!«, schreie ich, und weil ich etwas tun muss, greife ich nach seinem Arm. Mit viel Glück ziehe ich ihn aus der Gefahrenzone, in die Piet jetzt hineindonnert.

Erleichtert halten wir uns fest.

»Typisch!« Tim schlägt sich gegen die Stirn. »Hat er dir die Zehen abgesäbelt, Felix?«

»Nö, nö, alles gut.«

Tim krault zu seinem Bruder.

Leise fragt Felix: »Hattest du Angst um mich?«

»Vielleicht«, weiche ich aus. Gegenfrage: »Und du gestern?«

»Vielleicht.«

Wir grinsen uns an. (Wenn meine Ohren so gut durchblutet sind wie seine, ist das in Ordnung.)

Wir sind beide froh.

»In Gegenwart dieser Brüder muss man wirklich Angst haben«, sage ich.

Felix nickt. »Lass uns lieber abhauen. Wir zwei und Zacki.« Er tätschelt den Hals des Schwimmtiers, schaut aber auf mich. Wassertropfen hängen in seinen dichten Wimpern. Die Augen glänzen. Grün mit braunen Sprengseln drin, zumindest links, rechts ist mehr Braun.

»Was hast du eigentlich für eine seltsame Augenfarbe?«

»Das ändert sich je nach dem, wen ich anschaue.«

»Chamäleon.«

»Nein, das sind Welsfarben! So sieht der Wels aus, wenn er den ganzen Abend glücklich den Grund durchgegründelt hat.«

»Häh?! Was redet ihr da für ’n Blödsinn? Habt ihr Geheimnisse? Schaut mal hier: die roten Flecken auf meinem Bauch! Aber das macht mir gar nichts, denn ich bin jetzt der, der die Klippe eingeweiht hat. Ich war der erste Springer. Ich komme ins Buch der Rekorde!«

»Kamera läuft«, sagt Tim und tut so, als halte er sich ein Handy vors Gesicht. »Hab alles aufgezeichnet, Bruder. Erst deinen Jump, dann die Knutscherei von Merle und Felix.«

Nach diesem Kommentar ist die Wasserschlacht unvermeidlich.

Wie in Kriegen üblich, reiht sich ein Verlust an den anderen.

Zuerst fällt Tim im Eifer des gegenseitigen Döppens der Ohrstecker raus. Der angeblich aus Gold gewesen ist.

»Wer’s glaubt!«

Felix lacht nur, als Tim Schadenersatz dafür fordert: »Hundert Euro!«

Ich springe Felix zur Seite. »Selbst schuld, Tim! Man geht ja auch nicht behängt wie ein Weihnachtsbaum ins Wasser.«

Daraufhin schlägt Tim mit einem abgerissenen Ast nach Zacki. Ein verräterisches Zischen ertönt, und wir stellen fest, dass Zacki ein kleines Loch im Bein davongetragen hat.

Natürlich stürzen Felix und ich uns sofort gemeinsam auf Tim. Piet, der zu seinem Bruder hält, wirft sich wiederum auf uns. Dabei kassiert er zwar einen Tritt von mir gegen die Nase – »Wie von einem Pferd! Bist du irre, Merle?!« –, ruiniert zum Ausgleich aber noch Felix’ Badeshorts. Er reißt ihm die hintere Hosentasche ab und das halbe Kleidungsstück hängt mit dran. Was dazu führt, dass die Zwillinge vor Lachen rot anlaufen, sich verschlucken und kurz davor sind, sich selbst zu versenken, während Felix, völlig geschlagen, die Flucht antritt.

»Hö-hö-hö!« Husten und Prusten der Brüder. »Wir haben euch vertrieben!«

»Das kriegt ihr zurück«, drohe ich.

Dann kraule ich Felix hinterher.

Er hat sich eine winzige Uferstelle auf der anderen Seite der Steilwand gesucht, hockt mit Tränen in den Augen im flachen Wasser, hält die Hände vor's Gesäß und schaut mich Hilfe suchend an. Ich halte Abstand, bleibe dort, wo ich gerade eben stehen kann, und schiebe Zacki als Sichtschutz zwischen uns.

»Wie viel ist denn übrig von der Hose?«, frage ich vorsichtig.

»Nicht mehr so viel.«

»Kannst du's nicht irgendwie zusammenknoten?« Ich habe nichts als mein Haarband dabei, selbst nur den Badeanzug an. »Mit Zackis Leine?«

Felix stößt einen unglücklichen Seufzer aus. »Nein. Wenn mich jemand so sieht, bin ich tot. Kannst du mir eine Ersatzhose holen? Falls meine Eltern nicht da sind, hängt sicher eine auf der Wäscheleine.«

Unruhig sehe ich mich um. Schon auf dem Hinweg habe ich nach zornigen Schwänen Ausschau gehalten. Die Strecke – noch mal hin und zurück – ist weit. Und Zacki sieht ziemlich angeschlagen aus. Seine Stirn hat sich in schwere Falten gelegt und die Vorderbeine hängen schlapp zur Seite. Nur ein winziges Loch – aber die Luft entweicht beständig. Doch ich nicke.

»Danke, Merle, dass du meinen Ruf retten willst. Oder besser gesagt: meinen Arsch.«

Wir lachen halbherzig. Dann mache ich mich bereit. »Hoffentlich geht Zacki nicht unterwegs die Luft aus.«

Felix reckt den Hals, um mich ansehen zu können. »Schaffst du es denn?«

»Ich schwimme nicht gern allein zurück«, gebe ich zu. »Aber wenn nötig, lasse ich mich vom Wels tragen.« Ich ziehe an Zacki und kehre Felix den Rücken.

»Moderlieschen?«, ruft er mir nach.

»Ja?« Ich bin schon ein paar Meter weg.

»Nichts. Schon gut. Tschüss.«

16

In der Seemitte brauche ich dringend eine Pause. Mir ist übel und schwindelig, wahrscheinlich bin ich zu schnell geschwommen. Zu dumm, dass die Insel so weit rechts von mir liegt. Jetzt bleibt mir nur, mich auf der Stelle paddelnd zu erholen. Mit flauem Gefühl lege ich mich auf den Rücken. Ich werde nicht untergehen, beruhige ich mich. Das Wasser ist mein Element, es trägt und fängt mich wie das Netz unter dem Trapez die Artistin.

Mein Blick kreiselt nach oben. Wie tief der Himmel reicht! Noch nie ist mir aufgefallen, in welchen Schichten die Wolken übereinander schweben. Weiße Paläste öffnen sich über mir, ein federleichter Balkon schiebt sich vor den nächsten, dort zieht ein Flugzeug vorbei, darunter ein Bussard auf halber Höhe, ein zweiter verschwindet hinter dem aus Watte gezupften Vorhang.

Ob ich von da oben zu sehen bin? Oder vom Ufer aus? Kaum. Mein Gesicht ist auf dem Wasser nur eine flache, rosa-braune Scheibe, wie ein abgelutschtes Waffelhörnchen mit einem Rest Aprikoseneis.

Erschöpft treibe ich dahin. Wie still es ist! Wie ruhig ich treibe!

Unter mir flüstert der Wels. Er erzählt mir, wie oft er anfangs mit seiner Korkenzieherbartel in den Unterwassergräsern hängen geblieben ist und sich eines Tages ein Schneckenhaus darin verkeilt hat. Weder er noch die Schnecke konnten es herauslösen und so trug er sie bis zu ihrem Lebensende mit sich herum, bis ihn viel später ein kleiner Junge, der zu ihm hinabgetaucht war, von dem leeren Häuschen befreite. Da weinte der Wels eine einzige salzige Träne in den Süßwassersee und der Junge streichelte ihm tröstend die verbogene Bartel.

»Ich weiß, wer dieser Junge war«, antworte ich, als könnte der Wels mich wirklich hören. »Mal schauen, ob er das Häuschen noch hat.«

Das Wasser nimmt mein Murmeln auf; es wiegt mich, als wolle es mich sanft einschlafen lassen. Da weckt Zacki mich aus meinen Träumen. Was von unserem Boot übrig ist, ist neben mich geschwappt und berührt meine Hand. Ich muss weiter. Ich will Dana noch treffen, die Villa erkunden, die Hose holen … habe so viel vor.

»Komm, Zacki, das schaffen wir.«

Ich arbeite mich aufs Ufer zu. Keine Schwäne in Sicht, zum Glück – dafür ein Empfangskomitee aus Oma, Opa, Dana, dem Hund und ein paar Jugendlichen, die zusammensitzen und ein komisches rundes Musikinstrument dabeihaben. Töne wie von einem zu tief gestimmten Xylophon klingen über das Wasser. Das ist schön, macht mir die Bewegungen leichter und malt ein Lächeln auf mein nasses Gesicht.

Opa watet mir entgegen, nimmt mir Zacki ab. »Was ist passiert? Wo ist Felix?«

Ich muss erst mal zu Atem kommen. Oma reicht mir ein Handtuch, sieht mich besorgt an.

»Am andern Ufer«, schnaufe ich.

»Felix ist vom andern Ufer?« Dana ist dazugetreten, aber nur so nah, dass ihre Füße auf jeden Fall im Trocknen bleiben. Vielleicht versteht sie mich deshalb falsch. Ich fürchte aber, sie will mich falsch verstehen, dreht die Worte einfach so, wie sie ihr passen. Und die Worte lassen's mit sich machen.

»Hörst du schlecht, Dana?«, fragt Oma. »Das liegt daran, dass du die ganze Zeit Musik im Ohr hast.«

»Nöö, ich hör ganz gut«, entgegnet Dana gelangweilt. »Hat Felix schlappgemacht?«, fragt sie mich.

»Im Gegenteil: Er hat etwas Tolles entdeckt«, antworte ich forsch, »eine richtige Sensation!«

Wenn andere Worte drehen und für sich nutzen können, kann ich das schon lange, auch wenn Oma mir das Lügen ansehen mag.

Dana merkt nichts. »Dann nehmt mich doch mal mit! Hier passiert übrigens auch gerade eine Sensation«, sie nickt mit dem Kopf zu den anderen hinüber, »neue Leute. Und ein cooles Hang.« Damit ist wohl dieses komische Musikinstrument gemeint.

»Das kannte ich noch gar nicht«, sagt Oma, »klingt sehr gut.«

Dana weiß noch mehr: »Es gehört Marcel, der ist schon vierzehn und bleibt zwei Wochen.« Mir flüstert sie ins Ohr: »Er hat keine Freundin – noch nicht.«

Ich stehe da, bis über den Kopf ins Handtuch gewickelt, und muss auf einmal lachen. Oma lässt sich noch mal bestätigen, dass mit Felix alles in Ordnung ist. Dann geht sie zu den Liegestühlen zurück. Opa folgt ihr mit Zacki.

Nur wir Mädchen stehen noch am Ufer. Ich: durchgefroren, bibbernd auf meinen weichen Beinen und immer noch lachend. Dana irritiert neben mir. Sie knabbert verlegen an ihren Fingernägeln. »Hör auf, du Trulla, die schauen schon rüber!«

»Sollen sie das nicht?« Ich biege mich wie ein junges Bäumchen. »Sorry, Dana, aber das ist einfach zu lustig. Was für ein Tag! Erst der Schwan, dann die Hose. Und jetzt du und der Typ mit diesem Gerät, das aussieht wie ein kleines Ufo.«

Dana guckt pikiert. »Ufo! Sei nicht albern.«

»Doch. Sieh doch nur! Eine fliegende, singende Untertasse! Gleich kommt aus den Löchern Dampf raus, dann hebt sie ab.«

»Du bist völlig überdreht«, rügt sie mich, kichert aber längst mit. »Gib's zu«, flüstert sie verschwörerisch, »der Typ sieht echt gut aus, wie ein Schauspieler, mindestens.«

»Auch wie von einem anderen Stern gefallen ...« Ich kichere noch mehr.

Dana macht ein schmachtendes Gesicht, ich ahme sie nach. Das bleibt dem Jungen nicht verborgen.

»Gefällt euch die Musik?«, fragt er plötzlich, reicht das Instrument an einen anderen weiter und kommt zu uns herüber. »Ich bin Marcel.« Er streckt mir die Hand hin.

Im gleichen Moment krallt Dana ihre Finger in meinen Arm. Ein »Au!« kann ich gerade noch unterdrücken.

»Du bist Lissy, oder?«

»Bitte?«

»Dana hat mir von dir erzählt. Dass du ihre beste Freundin bist.«

Der nächste Lachanfall drängt sich in meinem Bauch herauf wie ein Schluckauf. Die ist ja drauf!, fährt es mir durch den Kopf. Aber ich will sie auch nicht lächerlich machen, zumal sie mich so bittend anschaut.

»Stimmt«, bestätige ich also.

»Und was war da gerade los? Wer ist vom andern Ufer?!«

»Mensch, Felix wartet!« Ich schlage mir vor die Stirn. Ich trödele hier herum und er sitzt auf heißen Kohlen!

»Felix?«, fragt Marcel neugierig.

»Mein Freund. Ich muss ihm ... etwas holen. Hab leider keine Zeit mehr.«

»Ahaa, dein Freund!«

Marcel versteht das Wort viel erwachsener, als ich's meinte. Dana sagt ausnahmsweise mal nichts.

Und ich verschwinde verwirrt. Welchen Kommentar Marcel zu Dana macht, will ich gar nicht hören.

Das Haus der Hahns ist größer als unseres und chaotischer. Arabische Musik und ein süßlicher Geruch dringen aus einem der offenen Fenster, und eine schlecht gelaunte Katze faucht mich an, als ich mich zwischen kreuz und quer geparkten Autos, Fahrrädern und Motorrädern hindurchschlängle. An der Hauswand lehnen Surfbretter und drücken die Klematis platt. Wäsche hängt überall, selbst die Lichterkette mit den bunten Lämpchen über dem Eingangstor dient als Leine für ein Saunahandtuch.

Mitten in dem heillosen Durcheinander (Kaffeebecher, Energydrinks, Zigaretten, ein gefaltetes Polohemd, ein Tablet, Tennisbälle und ein Stapel Comics rundherum auf dem Boden) sitzt Felix' Mutter in einem eleganten weißen Tennisdress am Verandatisch, bearbeitet mit verärgerter Miene ein Smartphone und zuckt zusammen, als sie mich plötzlich vor sich stehen sieht.

»Ja, bitte?«, fragt sie, als wäre ich in einem Hotel oder einer Bank an eine blitzblanke Theke getreten und hätte keinen Cent in der Tasche.

»Ich bin Merle Kuchendorf. Ich soll für Felix eine Hose holen. Seine ist bei einer Wasserschlacht kaputtgegangen.«

Die Frau schiebt den Kopf vor, als sei sie kurzsichtig, und mustert mich. Auf einmal brüllt sie so kraftvoll, wie ich es bei ihrer zarten Erscheinung nicht erwartet hätte: »Christoph! Die Musik leiser!«

Die verstummt allerdings im selben Moment, was ihren Befehl absurd klingen lässt. Christoph (Felix' Bruder vermutlich) kommt in Begleitung eines Freundes aus dem Haus geschlurft, Trainingstasche über der Schulter, Motorradhelm unterm Arm.

»Aziz und ich fahrn schon vor, Mama.« Er grinst mich gut gelaunt an. »Du bist die Freundin vom Knirps, stimmt's?« Ungefragt wuschelt er mir durch die Haare. »Voll in Ordnung«, befindet er.

Auch Aziz bleibt bei mir stehen, legt mir schwer die Hand

auf die Schulter und sagt: »Felix lernt den Aufschlag schon noch. Der hat's drauf.«

Dann steigen sie auf ein Motorrad und brausen davon.

»Christoph!« Frau Hahn packt das Polohemd, hält es hoch, winkt ihm hinterher, zu spät. Sie schnaubt aufgebracht. »Meine Söhne! Der eine hat keine Hose, der andere kein Hemd, der dritte ... Ich wollte sowieso lieber eine Tochter.«

»Und ich wollte bitte die Badehose haben. Es eilt.«

Frau Hahn betrachtet mich ungehalten. Vielleicht muss sie aber auch einfach überlegen, wer ich bin und wie lange ich wohl schon da stehe. Endlich gibt sie sich einen Ruck, tritt an eine der Leinen, nimmt wahllos eine Hose herunter und reicht sie mir. »Sag Felix, er soll spätestens um drei wieder hier sein«, befiehlt sie mit einem demonstrativen Blick auf ihre Armbanduhr. »Ich habe keine Lust zu warten. Diesmal kann er sich abschminken, wieder den ganzen Tag zu verschwinden.«

»Aber wenn er doch Ferien hat!«

Ihre Augen verengen sich. »Wenn er auch Ferien hat, Merle Kuchendorf, so hat er immer noch Verpflichtungen und eine Familie. Ohne mich wäre hier kein einziger männlicher Hahn lebensfähig! Sag ihm, er soll vorher etwas essen, Nudelsalat steht im Kühlschrank.«

Die ist auch so eine Dampfnudel!, denke ich.

Felix' Mutter kann offenbar Gedanken lesen. »Wir sehen uns«, sagt sie, und es klingt ein bisschen nach einer Drohung.

Ich gehe lieber.

Die Katze (schmutzig weiß mit schwarzer Schwanzspitze und schwarzem Fleck über einem Auge) sitzt nun mitten auf dem Weg und putzt sich. Als ich an ihr vorbeigehe, schließt sie genüsslich die Augen und schleckt ihre Pfote ab. Als wüsste sie, dass die Hahn-Familie schon etwas eigenartig ist.

Mit Oma und Opa ist es dagegen wunderbar einfach. Nachdem wir festgestellt haben, dass Felix ja schon in einer guten Stunde zu Hause sein muss, setzen sie sich kurzerhand ins Auto und fahren mich über die Landstraße bis zu der Stelle, die der Steilwand am nächsten ist. Hier gibt es einen Pfad, über den wir uns zu Felix vortasten. Ich werfe ihm die Hose zu, Opa reicht ihm ein Paar Badeschlappen. Danach kehren wir in einer Pizzeria ein (pfeif auf den Nudelsalat!) und essen unter einem Laubendach, in dem die gleiche bunte Lichterkette hängt wie an Felix' Haus (was er aber nicht bemerkt).

Er hat viel zu erzählen: Die Hose, die seine Mutter mir gegeben hat, gehört eigentlich Christoph; aber Felix ist es sowieso gewohnt, dessen alte Sachen aufzutragen. Hannes (sein ältester Bruder) hat heute ein wichtiges Spiel, zu dem alle als Unterstützer mitmüssen (leider). Die Katze, die immer bei ihnen wohnt, wenn sie hier sind, heißt Wimpy, hat schon mal Danas Hund in die Flucht geschlagen und einen Marder erlegt.

»Ich hab eine Idee: Wir könnten heute Abend zur Gruselscheune gehen, nachdem wir Pauls Geschichte weitergehört haben! Also, wenn's richtig dunkel ist – oder doch lieber vor der Geschichte, dann haben wir das Gemütliche noch vor uns. Ach, es geht nicht, das blöde Turnier dauert viel zu lange!«

»Ich kann sowieso nicht jeden Abend eine Geschichte erzählen«, wendet Opa ein, doch Felix redet einfach weiter: »Nachher wollen sie bestimmt noch feiern. So ein Mist. Kann ich nicht bei euch einziehen?«

»Nur, wenn du die Geschichten erzählst«, fordert Opa.

»Geht klar!« Felix gluckst. »Ich koch euch auch was. Eier kann ich gut. Und ich mach jeden Morgen mein Bett, als Einziger von den Hähnen in unserer Familie. Also, nimmst du mich auf, Merle?«

»Wenn du dich nicht zu dick machst.«

Felix tätschelt seinen Bauch. »Schwierig. Pappsatt bin ich und schwer wie der Wels. Schlafen Fische eigentlich, Paul?«

»Natürlich, alle Lebewesen schlafen. Sogar Pflanzen, das sieht man zum Beispiel daran, dass sich abends die Blüten schließen.«

»Und der Wels?«

Opa hebt in gespielter Verzweiflung die Arme. »Ihr könnt Fragen stellen!«

»Du musst versprechen, dass du nicht ohne mich weitererzählst«, fordert Felix. »Ihr wartet heute Abend auf mich, abgemacht?«

17

Felix ist auf dem Tennisplatz und feuert seinen Bruder an. Hier dagegen ist es still.

Oma neben mir ist eingeschlafen. Sie hat ihren Liegestuhl in den Schatten gestellt, jetzt schiebt sich die Sonne allerdings schon über ihren Bauch.

Opa sitzt drinnen am Laptop, manchmal höre ich das Klackern der Tastatur.

Zacki liegt platt ausgebreitet auf einem alten Handtuch. Jeder, der am Haus vorbeikommt, sagt etwas Nettes zu ihm, als wäre er ein krankes Haustier. Das ist schön. Opa will morgen in der Stadt Flickzeug besorgen.

Bis gerade habe ich versucht zu lesen, das Buch ist gut, aber irgendwie … ich bin es nicht gewohnt, nichts zu unternehmen. Ich stehe leise auf, helfe einem strampelnden Flugkäfer aus meinem Eisteeglas und nehme meinen Badeanzug von der Leine.

»Ich geh mich abkühlen«, flüstere ich Opa zu.

»Ist gut, aber bleib bitte in Ufernähe.«

»Mach ich. Tschüss.«

Barfuß bummle ich Richtung See. Das Gelände der Prittstifte scheint verlassen. Ich horche, spähe, kundschafte es aus, finde die Box mit unseren Tauchsachen und bringe sie in unseren Garten.

Auf der Liegewiese ist wenig los, obwohl es wieder richtig heiß geworden ist. Am linken äußeren Rand ruht sich die Schwanenfamilie aus. Drei Männer stehen in gebührendem Abstand und überlegen wohl, wie Mensch und Tier friedlich nebeneinander baden können.

Ich halte mich rechts, schlendere am Laden vorbei (»samstags ab Mittag geschlossen«), überlege, ob ich Haus 8 suchen soll, schiebe es aber auf, weil ich nicht schon wieder bei fremden Leuten hereinplatzen will, und tappe erst mal über den Steg.

Ich fühle das warme Holz unter meinen Fußsohlen, laufe Slalom um Dellen, Risse, Vogelschisse und dicke, eingetrocknete Tropfen Farbe und Kerzenwachs.

Am Ende des Stegs hat jemand eine blau verspiegelte Sonnenbrille vergessen. Ich setze mich, probiere die Brille, lege sie wieder weg und lasse die Beine baumeln. Wie kleine Wasserflugzeuge vor der Landung segeln meine Füße über dem kühlen, leise gegen die Bohlen gluckernden See, plätschern kurz und pendeln weiter.

»Wels? Bist du da?«, flüstere ich. »Was macht so ein Fischkönig den ganzen Tag? Wirklich nur schlafen? Oder sich mit der Korkenzieherbartel in der Nase popeln?« Ich kichere. Beuge mich vor. Schwappen im Schatten. »Schlafmützenwels, hallo! Stumm wie ein Fisch, seine Majestät. Der Herr spricht wohl nicht mit jedem?«

»Hi! Lange nicht gesehen!«, ertönt plötzlich eine Stimme. »Mit wem redest du?«

Es ist nicht der König des Waldsees, der mich da anspricht. Es ist ein Mensch in schwarzen Shorts und rotem Muskelshirt. Aber immerhin ein Prinz, zumindest in Danas Augen. Hinter ihm taucht einer der älteren Jungen auf, mit denen er neulich zusammen war.

»Mein Cousin Luca«, stellt er vor.

Der Typ nickt gelangweilt, hat Wichtigeres im Blick, sein Handy in der Hand.

Marcel aber setzt sich neben mich. »Selbstgespräche?« Er grinst.

»Quatsch! Ich … ich habe getestet, ob der Fisch da unten auf mich reagiert.«

»Ist da einer?« Neugierig legt er sich auf den Bauch. »Soll ich unsere Angel holen?«

»Auf keinen Fall! Der Fisch ist was Besonderes.«

»Umso besser!«

»Nein! Der ist nicht zum Essen. Das ist ein uralter Wels. So alt wie der See. Der schmeckt nicht mehr, der ist schon ganz zäh.«

Der Cousin hat sich nun doch zu uns gesellt. Er ist blass und ungewöhnlich groß, sieht von oben auf uns herab. »Alte Welse sind klasse. Riesenviecher! Kriegt man 'ne Menge Klicks auf Facebook für, wenn man sich mit so 'nem Fang fotografieren lässt.«

»Mit diesem nicht!«

»Warum nicht?«, fragt er.

»Weil ich das nicht will!«

Luca verzieht verächtlich den Mund.

Marcel stupst mich an. »Lass ihn doch«, raunt er mir zu, aber mein Herz schlägt schneller vor Aufregung.

»Wisst ihr, dass ein Wels angeblich mal einen Dackel gefressen hat, der im See geschwommen ist?«, fragt Luca und sieht mich an. »Nur das Halsband trieb danach noch an der Oberfläche. Und da, wo wir letztes Jahr geangelt haben, gab's einen einbeinigen Eisverkäufer –«

»Dem hat der Wels das Bein abgebissen, oder was?« Ich schnaube entrüstet und stemme mich hoch in der Hoffnung, mit ihm auf Augenhöhe zu kommen; aber der Typ ist ein wahrer Leuchtturm.

»Blödsinn«, fährt er mir über den Mund. »Ich mein einfach nur: Mit so einem musst du als Angler richtig kämpfen. Ist ein echter Gegner, die Leute werden sich drum reißen, es zu probieren.«

»Aber dieser ist in Privatbesitz!«

Der Leuchtturm zeigt mir einen Vogel. Marcel fasst nach meinem Fußgelenk. Ich brauche von ihm aber keinen Beistand. Was zerrt der so an mir? Er soll lieber zu Dana gehen, die wartet drauf!

»Ich bin sowieso kein Angler«, sagt Marcel besänftigend. »Ich bin Musiker. Ich schreib einen Song über deinen Wels mit Stammbaum.«

»Requiem!«, flapst Luca und fügt, an mich gewandt, hinzu: »Totenmesse.«

»Ich weiß, was das heißt.« Böse funkle ich ihn an.

»Dann ist ja gut. Immer locker bleiben, Kleine!«

Er wendet sich ab. So sieht er wenigstens nicht, dass meine

Wangen glühen, als wollten sie einem Leuchtfeuer Konkurrenz machen.

»Luca ist schon okay«, sagt Marcel leichthin, »aber trotzdem gut, dass er jetzt abhaut.« Er gibt mir ein Zeichen, mich wieder zu ihm zu setzen. »Hey, Lissy, ich tue dem Riesenfisch ja nichts. Ich will ihn nur mal sehen.« Er legt sich wieder auf den Bauch, späht angestrengt durch die Ritzen zwischen den Bohlen.

»Luca hat ihn verscheucht.«

»Nein, hat er nicht. Da ist wirklich was Großes, Dunkles. Komm, sieh doch!«

»Das ist dein eigener Schatten, Marcel.«

»Nein, im Ernst, da bewegt sich etwas, obwohl ich mich nicht bewege. Das ist er! Da: Luftblasen.«

Hoffentlich ist unser Wels nicht wirklich unter dem Steg. Dann hätte ich ihn gleich bei der ersten Gelegenheit verraten. Ich könnte mich vor Wut in den Bauch beißen!

»Ich heiße nicht Lissy, und da unten ist auch nichts, das bildest du dir ein!«

»Sei mal leise!«

Ich stöhne auf. Ich muss versuchen, ihn abzulenken. »Und du willst also Musiker werden, ja? Mit dem Hang?«

»Psssst!«

Ärgerlich presse ich die Lippen aufeinander. Hätte ich bloß meine Klappe gehalten!

»Der hört uns«, flüstert Marcel.

»Sicher«, antworte ich sarkastisch, »er ist beim Geheimdienst und schreibt alles mit.«

»Der wird sicher der Hauptpreis.«

»Was für ein Hauptpreis?«, schimpfe ich. »Ich hab dir gesagt, der gehört mir, also vergiss ihn! Oder du bekommst Riesenärger mit mir!«

Marcel dreht sich wieder zu mir, lacht, aber ich muss zugeben, dass er mich nicht auslacht. Es ist eher nett und entwaffnend, und für einen Moment verstehe ich doch, was Dana an ihm gefällt.

»Wer ihm auch nur eine Flosse verbiegt, hat mich sein Leben lang zum Feind!«

»Klare Ansage.« Marcel pfeift durch die Zähne. »Aber ich muss jetzt keine Angst haben, oder?«

Ich verdrehe die Augen. Marcel hat großen Spaß mit mir. Das muss ein Ende haben! Abrupt stehe ich auf. »Ich wollte eigentlich nur in aller Ruhe baden gehen«, sage ich. »Es ist tierisch warm heute und überhaupt ...«

»Mach doch, ich hindere dich nicht.«

»Mach ich auch.« Ich schwinge mich auf die Leiter an der Seite des Stegs. Die Aluminiumstufen sind kochend heiß.

»Stört's dich, wenn ich mitkomme?« Marcel streift sein Shirt über den Kopf, zieht ein Smartphone aus seinen Shorts und legt es neben die Sonnenbrille. »Deine?«

Ich schüttle den Kopf. »Hat irgendjemand liegen lassen.«

»Den der Wels gefressen hat.«

»Oh Mann, kannst du damit mal aufhören?!«

»Ist doch nur Spaß.«

Ich lasse mich ins Wasser gleiten, tauche ab: angenehm kühle Stille.

Mit dem Wels treibt man keinen Spaß, denke ich. Der Wels ist mir ernst, auch wenn er nur Spaß ist!

Ansonsten scheint Marcel aber in Ordnung zu sein. Er schwimmt zwar mit krampfhaft hochgerecktem Kopf, als ob er Angst hätte, die Nase unter Wasser zu tauchen (und er schwimmt auch alles andere als gut), doch hat das den Vorteil, dass er sich nicht mit mir balgen will. Im Gegensatz zu den Prittstiften, die, kaum, dass wir im Wasser sind, über den Steg getrampelt kommen.

»Merle-Perle, du bist bei uns eingebrochen«, ruft Piet und will sich auf uns stürzen, stoppt aber gerade noch rechtzeitig, als er erkennt, dass es sich bei dem anderen Schwimmer nicht um Felix handelt.

Tim hat dafür keinen Blick. Er rennt, ruft: »Auf sie mit Gebrüll!«, macht einen weiten Kopfsprung und landet direkt neben Marcel.

Der erschrickt, versucht, rückwärtszupaddeln. Tim folgt ihm, Marcel fühlt sich offenbar angegriffen und tunkt ihn mit beiden Händen kräftig unter Wasser. »Hau ab, du Spinner!« Seine Stimme klingt nach Panik.

Marcel ist älter und kräftiger als Tim. Er hält ihn eine ganze Weile unten.

»Hör auf!« Ich will seine Arme von Tim wegreißen, komme aber nicht gegen ihn an. Marcel ist wie weggetreten: Ich glaube, er hört mich gar nicht.

Tim kämpft sich hoch, schnappt nach Luft. »Hilfe!«, schreit einer der Prittstifte oder auch alle beide, das ist für mich nicht auszumachen. Es gibt Gestrampel und Tim fährt wieder senkrecht in die Tiefe.

Schon das Zusehen macht mir Angst.

»Hör auf, das ist ein Missverständnis!« Ich werfe mich auf

Marcels Rücken, erinnere mich meiner Raubtierfähigkeiten und schlage mit den Fäusten auf ihn ein. Als er nicht reagiert, versuche ich ihn zu kratzen, doch meine Nägel sind im Wasser aufgeweicht. Schließlich beiße ich ihn voller Verzweiflung in den Nacken. Daraufhin fegt er mich zwar mit einem Arm weg, lässt aber Tim endlich frei. Zum Glück versucht er nicht, nach mir zu fassen. Er scheint langsam wieder zu Verstand zu kommen.

»Hast du mich gerade gebissen, Lissy?«

»Wolltest du Tim umbringen?«

Marcel zeigt verständnislos auf den hustenden Tim, um den Piet sich nun kümmert. »Der wollte *mich* umbringen! Er hat mich bedroht!«

»Blödsinn«, schreie ich. »Das war ein Spiel, aber du hast's total übertrieben!«

»Was für ein Spiel? Ich kenn den überhaupt nicht!« Marcel schwimmt mit kurzen, abgehackten Zügen zum Steg, steigt hastig die Leiter hoch und sagt zu den Leuten, die neugierig herbeigeeilt sind: »Nichts passiert, alles gut.«

Die beiden jungen Frauen mit dem Kleinkind schütteln missbilligend die Köpfe. Es ist ja auch nicht alles gut. Mir zittern immer noch die Knie. Tim wird von seinem Bruder zum Ufer begleitet.

»Dir haben sie doch ins Gehirn geschissen«, ruft Piet Marcel zu.

Marcel verteidigt sich: »Der hat angefangen, nicht ich!«

»Warum nennst du Merle überhaupt Lissy?«

Marcel wendet sich an mich, als ich aus dem Wasser steige. »Heißt du nicht so?«

»Ich habe viele Namen.«

(Und einen Schock. Ich muss mich setzen.)

Dana kommt über den Steg. Hat sie mitbekommen, was passiert ist? Wie Marcel ausgerastet ist?

»Merle hat nur schöne Namen«, flötet Dana und hält mir ein flauschiges Handtuch hin. »Hier, Süße. Beruhig dich.«

»Danke, ich lasse mich so trocknen.«

»Auf mich brauchst du aber nicht sauer zu sein.« Sie wirft einen schnellen Blick zu den Brüdern hinüber. Sie haben einander die Arme um die Schultern gelegt und schlurfen mit gesenkten Köpfen über die Wiese davon. »Alles in Ordnung mit denen?«

»Ich hoff's.« Ein Seufzer entfährt mir, denn die beiden tun mir aufrichtig leid.

»Nimm mein Handtuch«, bittet Dana wieder und legt mir die Hand auf die Schulter. »Es ist unbenutzt, und ich hab's extra mitgenommen, weil ich dachte, dass du dich vielleicht zu mir auf die Wiese legst.«

»Wollte ich auch. Ist was dazwischengekommen.« Ich nehme das Handtuch und vergrabe mein Gesicht darin. Weichspülergeruch überflutet meine Sinne, eine betäubende Ladung Chemie.

»Solche dämlichen Jungskämpfchen sind der Grund, warum ich nicht so gern ins Wasser gehe. Da bleibe ich lieber an Land und schaue zu. Kommst du mit zu mir?«

Das hatte ich ursprünglich vor, aber jetzt möchte ich lieber zurück zum Hexenhäuschen.

Dana zieht mich hoch und führt mich von Marcel weg. »Ich sag auch nicht mehr Lissy zu dir«, flüstert sie. »Nur noch Merle. Merle heißt Amsel auf Französisch, stimmt's? Das passt. Dana heißt Gabe Gottes. Ich finde das ganz schön, obwohl es in meiner Klasse auch eine Lana und eine Jana gibt und wir ständig verwechselt werden. Melissa hatte es da besser. Sie wurde nie verwechselt.« Dana zupft an dem Handtuch, das ich mir immer noch vor's Gesicht halte. »Du weinst doch nicht, oder?«

»Nein.« Ich gebe ihr das Handtuch zurück.

»Ich hab viel geweint, nachdem Melissa den Unfall hatte. Auf dem Schulweg ist es passiert und einer aus unserer Klasse hat's sogar gesehen. Es gab genau so ein Geschrei und Gelaufe der Leute wie gerade eben. Daran musste ich jetzt denken.« Dana schluckt.

Ich lege meinen Arm um sie.

»Du bist ganz blass«, stellt sie mitfühlend fest.

»Hier hätt's auch beinah einen Unfall gegeben.«

Marcel ist uns gefolgt. »Ich bin normalerweise immer friedlich. Ehrlich! Das war eben eine absolute Ausnahme. Und auch nicht meine Schuld. Der kleine Wilde ist ohne jeden Grund auf mich zugestürzt, keine Ahnung, wieso.« Ratlos sieht er mich an.

»Er hat dich für Felix gehalten.«

»Deinen Freund? Wo ist der eigentlich?«

»Tennis spielen«, antworte ich knapp, mache mich vorsichtig von Dana los und drücke mich an Marcel vorbei. Ich will nach Hause.

»Mensch, es tut mir leid. Ich hab Panik gekriegt, das war ein Reflex!«

»Entschuldige dich bei Tim«, sage ich, rückwärtsgehend.

Dana macht ein trauriges Gesicht, deshalb erkläre ich bedauernd: »Dana, sorry. Wir sehen uns ... später ... morgen ... versprochen ... Ich muss jetzt abendessen.«

»So früh?«, fragt Marcel, und Dana erklärt etwas von wegen: »Die Arme wohnt im Altenheim«, aber das juckt mich nicht. Meine Füße springen in großen Schritten, und meine Arme schwingen, um meinen Lauf nach Hause zu beflügeln.

18

»Gerade eben hat deine Mutter angerufen«, sagt Oma, das Telefon noch in der Hand.

»Ah, gut.« Ich habe nicht vor, zurückzurufen, lasse mich lieber auf die Liege fallen (der Badeanzug ist längst trocken), schnappe mir das blaue Kissen und mache es mir bequem: Augen zu.

»Anstrengend, so ein Urlaub, hm?«, fragt Opa amüsiert.

»Du glaubst es nicht!« Ich erzähle, was passiert ist, während er den Grill anzündet. Er schweigt und nur, als es um Melissa geht, murmelt er, davon habe er gehört. »Hoffentlich kommt Felix bald«, seufze ich und döse gleich darauf ein.

Oma breitet eine Decke über mich. Sie gehen hin und her, flüstern: »Die Pfeffermühle musst du mal nachfüllen«, »Soll ich den Rosé aufmachen?« und »Merle schläft tief und fest«.

Das tue ich nicht. Aber ich lasse sie in dem Glauben, weil ich's genieße, wohlig eingekuschelt mittendrin im Geschehen zu liegen und sanft zwischen Wachsein und Schlaf hin- und herzuschaukeln wie der Wels, wenn er sich in der Dämmerung durch sein geliebtes Königreich treiben lässt.

Wir essen, spielen Karten, zünden das Windlicht an und warten auf Felix, ohne den darf Opa ja nicht weitererzählen.

Aber Felix kommt nicht.

Stattdessen erscheint Piet und legt eine große Packung Flickzeug auf den Tisch. »Für Zacki. Tut uns leid, dass wir ihn plattgemacht haben.«

»Danke«, sage ich überrascht. »Setz dich doch! Bist du allein hier?«

»Tim ist zu Hause. Mama hat mitgekriegt, was passiert ist, und hat sich bei der Platzleitung beschwert. Zusammen sind wir dann zu Marcels Eltern. Tim und ich wollten zwar nicht, ist ja endpeinlich, mit Mama da aufzukreuzen, aber …« Piet zuckt die Achseln.

Mitfühlend hält Oma ihm die Chipsschüssel hin. Ein wirkungsvoller Trost, Piets Augen bekommen neuen Glanz.

»Tim war ganz schön fertig, oder?«, frage ich ihn.

»Und wie! Mag ja sein, dass Marcel irgendeine Wasserphobie hat, aber dann sollte er nicht ausgerechnet an einem See Urlaub machen.«

»Stimmt genau«, sagt Opa.

Piet greift ein zweites Mal in die Schüssel. »Die ganze Clique von dem ist blöd. Die sind auch nicht zum Baden hier, die wollen angeln.«

Da platzt aus mir heraus, was mich schon die ganze Zeit beschäftigt: »Marcels Cousin will an unseren Wels! Ich hab mich nämlich leider verplappert …« Ich werfe Opa einen entschuldigenden Blick zu.

»Den Fisch mit der Eisbartel?«, mümmelt Piet. »Den meinten die also mit dem Hauptpreis. Der gehört doch uns!«

»Habe ich Marcel auch gesagt. Privatbesitz von –«, ich zähle an der Hand ab: ich, Felix, Opa, Oma, Piet und Tim, »– von uns sechs.«

Piet streckt mir die saubere, nicht chipsverschmierte Faust hin und bedeutet mir, meine dagegenzustoßen. »Den beschützen wir«, verspricht er. Dann nimmt er sich noch eine Handvoll Proviant – »Für Tim!« – und verschwindet wieder in der Dunkelheit.

Auf der Veranda ist es einen Moment still.

»Na, da hab ich was angerichtet«, murmelt Opa.

»Wir beschützen den Wels«, wiederhole ich Piets Versprechen, kämpfe aber nun doch mit den Tränen. Wie will ich denn im Ernst einen Fisch beschützen?

Opa schaut mich mit großen Augen an. Ob er mich wirklich sieht, kann ich jedoch nicht sagen; er scheint weit weg zu sein. Habe ich ihn mit meinem Verrat verletzt?

Oma merkt, dass etwas nicht stimmt, und streicht ihm über den Arm. »Es ist doch nur ein Märchen«, sagt sie.

»Günther etwa auch?« Diese Frage habe ich den ganzen Tag vergessen. Plötzlich ist sie da, aufgetaucht wie ein Fisch, der ein »Blubb« an der Oberfläche macht.

Opa bewegt den Mund, als kaue er auf etwas herum.

Oma sieht mich unglücklich an. »Nein. Günther gab's wirklich, Merlchen.« Ihre linke Hand ergreift meine und drückt sie sanft. »Das ist eine Geschichte, über die wir mit euch nie geredet haben. Wir hatten Günther fast vergessen. Das alles war lange, bevor du geboren wurdest.«

»Und als ich geboren wurde, gehörte ich ja auch noch gar nicht zu eurer Familie.«

»Das hat damit doch nichts zu tun!«

Das stimmt wohl, aber nun stürzt alles auf mich ein. Vielleicht sind's die Nachwirkungen des Schocks. Ich bin so traurig und verärgert, dass ich den Wels in Gefahr gebracht habe, und dann sagt Oma auch noch, es gäbe ihn gar nicht.

»Der Wels ist mehr als ein Märchen!«, sage ich laut. »Er ist unser Freund. Der Wels war bisher das Beste überhaupt, das Beste seit ... seit hunderttausend Jahren, seit Mama schwanger ist und ich umziehen muss ... seit alles sich verändert, seit nichts mehr sicher ist, nicht mal mehr die Wörter!« Ich unterdrücke ein Schluchzen.

Oma überlegt einen Moment. Dann legt sie auch ihre rechte Hand auf meine. Opa legt seine Rechte auf ihre, sie zieht die untere hervor und legt sie obenauf; Opa stapelt seine Linke darauf und sieht mich an: auffordernd.

Okay, wenn er gern möchte, okay. Ich wische mir die Tränen ab und lege meine freie Hand ganz obenauf. Opa nickt.

Schweigend schauen wir auf den warmen Händehaufen, bis unser Nachthimmel wieder im Sternbild des Welses steht.

Und dann erfahre ich doch noch, wer Günther war.

»Mein bester Freund. Von klein auf waren wir immer zusammen. Wir sind durch dick und dünn gegangen, aufgewachsen wie Brüder. In meiner Jugend war er für mich der wichtigste Mensch.«

»Ist er tot?«, frage ich Opa leise.

»Nein, aber ich habe ihn später sehr vermisst, daher hat es sich so angefühlt, als sei er gestorben. Als ich deine Oma heiratete, wollte Günther vom einen auf den anderen Tag keinen Kontakt mehr mit mir. Vielleicht war er auch in Maria verliebt.« Opa stützt den Kopf in die Hände.

»Aber ich habe mich für dich entschieden«, sagt Oma.

»Was gut so war«, erkläre ich fest und will hinzufügen, dass es mich ja nur deshalb gibt, doch biologisch betrachtet stimmt das mal wieder nicht. Andererseits stimmt es gefühlt doch, sie sind meine Familie und da sage ich es eben. Und meine Großeltern sind sehr einverstanden.

Ich putze mir gerade die Zähne, als es an der Verandatür klopft.

»Merle ist schon im Schlafanzug«, höre ich Oma sagen, »es ist spät.«

»Ich weiß, ich konnte nicht weg. Kann ich kurz Gute Nacht sagen?«

Wir laufen aufeinander zu und umarmen uns, schnell, spontan und schön, dann saust er wieder ab. »Bis morgen!«

Oma schließt die Tür hinter ihm und lacht in sich hinein. »So, so. Ich frage mich, wozu ihr zwei noch Märchen erzählt haben wollt.« Sie dreht sich zu mir um, wedelt mit den Händen durch die Luft, zwinkert. »Du bist doch schon ganz …«

»Ganz was?«

Sie spricht nicht weiter, schüttelt den Kopf, als wolle sie ihre Worte wieder zurücknehmen.

»Ganz richtig«, ergänze ich.

»Ja«, sagt sie.

In der Nacht träume ich vom Meer.

Im Traum gehe ich den Strand entlang und lasse die Wellen über meine nackten Füße schwappen. Sie spülen unglaublich schöne Muscheln und Schneckenhäuser an. Vanilleeisfarbene Türmchen mit blaubeerfarbenen Adern und kirschroten Punkten, nie gesehene, zauberhafte Schätze. Voll Glück und Staunen will ich sie einsammeln, greife danach mit den Händen, als die nächste Welle darüberschwappt und sie zurück in den Ozean holt.

Welche Enttäuschung!

Doch siehe da: Die übernächste Welle rollt heran und bringt wieder neue Schätze, die ich nur aufzusammeln brauche …

19

Ich würde Opa gern von meinem Traum erzählen. Auch nach dem Schneckenhaus fragen würde ich ihn gern, so viel liegt mir plötzlich auf dem Herzen – aber er bleibt an diesem Morgen länger im Bett.

»Schwimmen wir eben allein und lassen ihn ein bisschen in Ruhe«, sagt Oma. »Vielleicht hat er, wenn wir zurückkommen, ja Frühstück gemacht.«

»Er ist doch nicht krank?«

»Nein, nein. Er will nachdenken.«

Oma wirkt selbst so nachdenklich; ihre Antwort überzeugt mich nicht.

Am See erscheint es mir heute besonders still. Keine anderen Schwimmer, keine Spaziergänger, nicht mal die Schwäne lassen sich blicken. Auf dem Steg jedoch steht mit dem Rücken zu uns ein Mann und wirft etwas in die Luft.

»Angelt der?«, frage ich Oma.

Sie ist vorausgetappt, steht bis zum Bauch im Wasser. Hat weder Brille noch Hörgerät dabei, ich hätte mir die Frage sparen können.

»Ja, komm! So kalt ist es nicht.«

Irgendwie mag ich das, dieses Unperfekte: Omas Maulwurfsblick, ihre raue Hand, die sie mir entgegenstreckt.

»Begrüßen wir den Wels«, sage ich, während ich mich durch das kühle, anschmiegsame Wasser auf sie zu bewege. »Wenn wir ihm eine Flaschenpost mit einer Warnung schicken, kann er sie mit seiner Korkenzieherbartel öffnen.«

Oma lacht. »Ihr und euer Wels! Der wandelt bestimmt durch die offenen Fenster der versunkenen Kirche, schwimmt zum einen Bogenfenster herein und zum anderen heraus. Dabei schaut er sich die Fresken an der Decke an und träumt, er schwämme durch den Himmel.«

»Und manchmal betätigt er die Glocken«, falle ich ein.

Oma nickt. »Ich glaube, ihr müsst euch keine Sorgen um den Wels machen, der ist in Sicherheit.« Sie lässt sich mit einem wohligen »Aaaah« ins Wasser gleiten.

Ich checke noch mal die Lage: keine Schwäne, ein verhangener Himmel, der wieder Schauer und eventuell Gewitter verspricht – aber sicher noch nicht jetzt. Und der Mann auf dem Steg ist doch kein Angler, er lässt einfach nur flache Steine übers Wasser springen. Sehr gut!

Bevor ich Oma folge, grüße ich den Wels, und er grüßt zurück. So wie in meinem Traum kommt mir das vor, die Welle kehrt wieder und mit ihr mein Glück in Form neuer, herrlicher Muscheln.

Und wie genau grüßt jetzt der Wels?

Ganz einfach: Er lässt ein glockenhelles Bimmeln überm See ertönen (es ist ja auch Sonntag), dirigiert den Chor der Frösche und schickt alle Angler in die Wüste. Und als Oma und ich heimkommen, hat er Opa munter gemacht und ihn den Tisch decken lassen.

Da es nach dem Frühstück zu nieseln anfängt, versorgen wir Schlappzacki nicht auf dem Verandatisch, sondern betten ihn auf die Werkbank im Schuppen. Der enge, düstere Verschlag ist aufgeheizt, stickig und stinkt nach Farbe. Trotzdem macht Felix die Tür hinter uns zu. »Der Chefarzt muss sich bei der OP konzentrieren.«

»Ach, und ich soll die Arzthelferin sein?«

»Nein, die Anästhesistin. Die ist sehr wichtig.«

»Gut. Zuerst sollten wir das arme Tier beruhigen.«

»Wie ist sein Puls?«

»Kein Puls, Herr Kollege.« Mein Herz rast dagegen plötzlich los, als Felix nun mein Handgelenk fühlt. »Jetzt muss ich daran denken, wie dem Wels der Blitz in die Bartel gefahren ist«, flüstere ich.

»Zisch!« Felix lässt seine Finger spielerisch auf meine Hand trommeln. Dabei bewegt er sich ein bisschen zu schnell und stößt mit dem Ellbogen ans Regal, von dessen oberstem Brett ein Farbtopf fällt. Der trifft ihn an der Schulter und prallt auf die Werkbank, wo der Deckel abspringt und Zackis Hinterleib zu einem grün-braunen Fleckenmuster verhilft. »Au, ich Trottel! Unser Patient!«

»Mund-zu-Mund-Beatmung scheidet jetzt aus.«

»Krokodile können auch nur die wagemutigsten Helden küssen«, behauptet er.

»Ich sprach von *beatmen.*«

Felix schaut mich einfach nur an.

Das halten wir nicht lange aus, uns so fragend anzusehen. »Zacki hat jetzt Tarnfarben«, lenke ich ab.

»Manchmal wünschte ich, die hätte ich auch.«

»Felix, du bist noch besser als der Wels, weißt du das nicht?«

»Blubb!«

Ob mein Gesicht auch ein paar Glücksgrübchen hinkriegt? Ich hoff's!

Schließlich hechtet Felix zur Tür und reißt sie auf.

»Frischluft!«

Danach kümmern wir uns wieder mit kühlem Kopf um unseren Patienten.

Der Regen ist stärker geworden. Wir haben den stickigen Schuppen gegen mein Dachzimmer getauscht und lümmeln auf dem Bett. Felix liegt auf dem Bauch und zeichnet eine Landkarte unseres Sees und des von uns noch zu erforschenden Gebiets. Ich sitze im Schneidersitz neben ihm und habe mir den Wels als Motiv vorgenommen. Ob ich einen kleinen Comic oder ein Daumenkino hinbekomme mit einer Geschichte vom Wels? Wie sich nach und nach seine Barteln verformen und er allein als Sonderling herumschwimmt, bis er das Moderlieschen trifft ... Das wäre ein tolles Geschenk für Felix! Im Laufe des Urlaubs werde ich es hoffentlich hinkriegen, ihm etwas Schönes zu zaubern.

Ich träume vor mich hin, schaue auf meine Fußnägel, die

immer noch naturfarben sind (ich muss Dana wirklich dringend besuchen, aber Felix ist nun mal wichtiger), und kritzle schließlich drauflos.

Felix erzählt beim Zeichnen, was er gerade darstellt. »Jetzt bin ich schon kurz vor der Steilstelle. Wo die Villa ist. Von dort gibt es bestimmt einen Unterwasserbootstunnel in den See. Mit Bogengängen wie in Italien und mit steinernen Figuren – alle ganz bemoost. Den trage ich mit Fragezeichen ein.«

»Das wäre schön, den zu erforschen«, murmele ich.

(Noch schöner ist es allerdings gerade, den weichen Bettbezug an den nackten Füßen zu spüren. Ich bohre meine Zehen wohlig in die Decke, rücke näher an Felix heran, spüre seine Körperwärme, die durch sein Shirt dringt.)

»Der Gang wurde schon gegraben, bevor der Wels in den See kam. Er ist verwinkelt und zum Teil überflutet. Wie eine echte Höhle. Wir müssen Flossen, Spezialschuhe und ein Sauerstoffgerät mitnehmen, außerdem musst du dich bei mir anseilen. Machst du das?«

»Mmmmh.«

»Vertraust du mir bei der Expedition?«

»Mmmh.«

»Ich dir auch.«

Er summt glücklich vor sich hin. Die Stifte kratzen über das Papier. Auf die Dachschrägen klopft der Regen. Oma niest unten gleich vier Mal hintereinander. Jedes Mal sagt Opa: »Oi! Na, so was!« dazu.

Ich halte inne und schließe die Augen, obwohl ich eine gute Idee habe und mir die Zeichnungen gefallen. Noch mehr gefällt's mir aber, diese Minuten zu genießen.

Schließlich lassen wir uns zu einem Mittagsimbiss herab (im wahrsten Sinne des Wortes). Es gibt Spaghetti mit Carbonarasoße, die Felix über den grünen Klee lobt. (Das ist meine Lieblingsredewendung.)

»Toll, dass es dir schmeckt, aber nun hast du genug Süßholz geraspelt!« Oma grinst.

Felix, mit der Parmesanreibe in der Hand und einem hellgelben Schnipselberg auf seinen Nudeln, grinst zurück. »Ist doch Käse!«

Oma droht ihm mit dem Finger.

»Warum sagt man: über den grünen Klee loben?«, frage ich.

»Vielleicht wegen der vierblättrigen Kleeblätter«, vermutet Felix.

»Weil man Frauen keinen Honig um den Bart schmieren kann«, schlägt Opa vor, worauf Oma kontert: »Du musst auch überall deinen Senf dazugeben.«

»Iiieh, Senf auf Spaghetti!« Felix schiebt sich eine perfekt vollgerollte Gabel in den Mund. Dann wandern seine Augen ärgerlich zur Veranda.

»Im Mittelalter hat man seinen eigenen Senf mitgebracht«, ist von dort zu hören, »um sicherzugehen, dass er nicht vergiftet war. Bei Senf schmeckt man das Gift nämlich nicht raus. Die Ritter haben deshalb auch den Brauch mit dem Gläseranstoßen erfunden, also, früher waren das ja Trinkhörner, weil …«

Ich seufze. Schon wieder Besuch!

»Könnt ihr eigentlich nicht anklopfen, Jungs?«

»Die Tür stand doch offen, Frau Küchentür. Ich meine natürlich, Küchendorf. Kuchendorf! Oh Mann, woher kommt der Name eigentlich? Aber, was ich sagen wollte, die Ritter haben so angestoßen, dass es schwappte, vom einen Horn ins andere, weil sie Angst vorm Vergiften hatten.«

»Das ist ja mal interessant«, sagt Opa freundlich.

Daraufhin quetscht Piet sich sogleich neben ihn auf die Bank und klaubt mit den Fingern die runtergefallenen Reste der Parmesanschnipsel auf. »Bei uns gibt's nie Pasta. Immer nur Bio-Gemüse.«

»Und Tofufrikadellen«, bestätigt Tim leidvoll. »Ist da richtiges Fleisch in der Soße?«

Oma erbarmt sich und holt zwei weitere Teller. »Viel haben wir aber nicht mehr …«

»Könnt ihr nicht zu Hause essen?«, schimpft Felix.

»Hey!«, bremst ihn Oma.

Von unten herauf schaut Felix zu mir her. Den Kopf hat er in die Hand gestützt. Da lege ich heimlich unter dem Tisch meine Hand auf seine freie.

Sofort hellt sich sein Gesicht auf.

»Die Sonne scheint ja wieder«, sagt er.

Alle glauben, das bezöge sich aufs Wetter. Nur ich weiß, dass mehr dahintersteckt.

»Natürlich ist der Wels hilfsbereit.« Opa trinkt Kaffee, wir anderen schlecken Eis, das Felix aus der Kühltruhe geholt hat, ganz generös auch je eins für Oma, Piet und Tim.

»Er hilft auch Tieren, die nicht direkt zu seinen Freunden gehören. Ihr wolltet doch wissen, wie aus der Turmspitze der versunkenen Kirche die kleine Insel entstand, nicht wahr? Bevor das Tal überflutet wurde und unseren See bildete, hatte ein Storchenpaar auf dem Turm sein Nest gebaut. Die Mutter fütterte ihre kurz zuvor geschlüpften Jungen. Der Vater klapperte und behauptete, bald werde das Wasser abfließen. Doch das Wasser stieg und stieg. Es verschluckte den Turm Meter um Meter und schäumte bald über die unteren Zweige des Nestes. Die Küken drohten zu ertrinken. Da stemmte der Wels seinen breiten Rücken gegen die Flut und stützte das Nest mit seinen Flossen. Erst, als die kleinen Störche flügge waren, schwamm er weiter. Er hatte Hunger, Muskelkater und einen steifen Nacken. Aber auch neue Freunde. Die Storcheneltern kamen jedes Jahr zum Brüten wieder, sie bauten das Nest aus, und heute – tja, heute ist es eine Insel. So, und jetzt fliegt aus, ihr Rasselbande! Oma und ich möchten einen Mittagsschlaf machen.«

20

Der Regen hat für deutliche Abkühlung gesorgt. Ich ziehe mir lieber meine Kapuzenjacke über das Sommerkleid. Es ist leicht, weit und grün-blau; das Beste an ihm aber ist, dass Felix sagt, ich sähe darin aus wie eine »Nixenkönigin«.

Windig ist es auch geworden, der Rock fliegt um meine Beine, als wir zu viert zum Spielplatz laufen, um zu schauen, ob dort etwas los ist.

Dana sitzt auf der Schaukel, wippt lahm hin und her und »pafft« eine Salzstange. Sieht sehr echt aus, wie sie den Salzstängel hält. Nur als sie vorgibt, Asche wegzuschnippen, bricht die Knabberkippe entzwei.

Dem Mädchen, das neben ihr steht, stellt sie mich so vor: »Emma, das sind Merle-Luise Kuchendorf und ihre Fans.«

»Hi«, sagt Emma freundlich.

Ich möchte mich auf das zweite, freie Schaukelbrett setzen, aber Tim kommt mir zuvor. Er steigt mit den Füßen darauf, wippt, tobt und reißt an den Halteseilen, als wolle er sicherstellen, dass auch an diesem Tag mindestens einer der Brüder medizinisch versorgt werden muss.

»Dummkopfchaotkotzbrocken«, stößt Dana als ein einziges imposantes Kombischimpfwort hervor, springt auf und überlässt damit Piet das andere Schaukelbrett.

»Wir bringen uns lieber in Sicherheit!« Felix zieht mich ein paar Schritte von der Spinnerschleuderschaukel weg. (Ich kann das auch, drei Worte zu einem machen.) »Von mir aus können wir ganz abhauen.«

Jetzt will ich aber endlich auch ein bisschen Zeit mit Dana verbringen und außerdem wissen, wie lange die Schaukel die Zwillinge aushält.

»Später«, sage ich deshalb zu Felix, »jetzt ist es gerade so lustig.«

»Wusstet ihr, dass die van Joosts gestern mit Toni von der Platzleitung bei Marcels Familie waren? Marcel musste sich bei ihnen entschuldigen.« Dana verdreht die Augen. »Voll peinlich.«

»Das hätte Marcel allen ersparen können, wenn er sich von selbst entschuldigt hätte«, sage ich, noch immer zornig auf Marcel.

Dana stöhnt auf. »Hätte er ja vielleicht, wenn sie sich das nächste Mal begegnet wären. Musste ja nicht extra dahinlatschen. Tim ist voll die Petze und Heulsuse.«

In dem Moment knackt die Schaukel. Nur einmal kurz, aber doch so bedrohlich, dass die Zwillinge lieber in den Sand hechten.

»Typisch Tim und Struppi«, kommentiert Emma grinsend. »Tatü-ta-ta!«

»Ist nichts passiert!«, ruft Tim.

»Doch! Ich hab in einen Hundehaufen gefasst«, jault Piet

und streckt seine linke Hand so weit wie möglich vom Körper weg. »Ekelhaft, ich sterbe! Ich bin kontaminiert! Wessen Köter hat den hier vergraben, deiner, Dana? Zu faul, mit ihm Gassi zu gehen?«

»Dummkopfchaotkotzbrocken!«

»Die Halterung der Schaukel ist angerissen«, bemerkt Emma. »Beim Nächsten, der sich draufsetzt, gibt sie nach.«

Während Piet kommentarlos zum Wasserhahn am Bootshaus läuft, behauptet Tim: »Kleine Kinder sind doch leicht, die hält sie noch aus.«

»Sollten wir der Platzleitung nicht trotzdem einen Tipp geben, damit die Halterung repariert wird?«, fragt Emma.

»Das ist ja wohl Tims Part. Kann *er* sich heute mal offiziell entschuldigen gehen. Merkt er, wie das ist.« Dana grinst mich an. »Stimmt's, Lissy?« Ich öffne den Mund, weiß aber nicht, was ich sagen soll. »Wäre doch gerecht, oder?« Dana steckt sich eine neue Salzstangenzigarette an … nein: natürlich in den Mund.

»Fehlt nur noch, dass du mir Rauch ins Gesicht pustest.«

»Klappt leider nicht.«

»Warum bist du so giftig zu mir, Dana?«

»Du machst einen auf superschlau.«

»Ich?«

»Und kommst mich nie besuchen.« Sie dreht mir den Rücken zu.

»Jetzt bin ich ja da«, sage ich kleinlaut.

»Los, Tim, lauf!«, fordert Dana. »Bring den Schaden in Ordnung. Du verstehst dich doch so gut mit Toni.«

»Nein«, quengelt Tim, »tu ich überhaupt nicht. Mama hat

darauf bestanden, sich zu beschweren. Aber Felix' Vater spielt mit Toni Tennis. Felix, kannst du nicht ...? Bitte!«

Der prustet vor Entrüstung.

»Bitte!« Tim sieht auf einmal sehr jung aus.

Auch Piet, der zurückgekommen ist und immer wieder an seiner Hand schnuppert, bittet: »Dir macht das doch nichts. Sag einfach nur, du hast gesehen, dass das Teil kaputt ist, weißt aber nicht, wie es passiert ist.«

»Ausgerechnet ich?« Felix sieht mich fragend an.

»Ich kann mitkommen.«

»Nein.« Er schüttelt entschieden den Kopf. »Ihr verschwindet unauffällig.«

Wir setzen uns in Bewegung. Dana hakt sich bei mir unter. Emma ruft Felix hinterher: »Anschließend Lust auf ein kleines Match im Freizeitraum? Ich hole Tischtennisschläger.«

Wieder sieht Felix mich an. Was mir sehr gefällt.

»Aber logo«, sage ich. »Ich will dich spielen sehen.«

»Emma ist eine der Besten«, sagt er ausweichend.

»Du etwa nicht? « Ich springe noch einmal zu ihm hin, drücke kurz seine Hand und flüstere ihm ins Ohr: »Du bist doch der Superwels!«

Die Bälle klacken über die Platte. Felix und Emma hechten hinterher.

»Aus!«

»Nein!«

»Punkt für mich!«

Piet und Tim nerven mit dem Wunsch nach einem Doppel. Dana sitzt mit übereinandergeschlagenen Beinen auf einem Barhocker und lässt Kaugummiblasen ploppen. Ich setze mich neben sie, in der gleichen Haltung. Und fühle mich gleich erwachsener.

»So langweilig wie die *Sportschau.*« Sie wendet der Platte den Rücken zu, zieht den Totenkopfring von ihrem Finger und steckt ihn mir an. »*Love till you die*«, sagt sie, »hab ich ganz viel von.«

»Ist das eine Fernsehserie?«

»Nö, Schmuck. Design. Find ich gut, den Satz: *Love till you die.* Du nicht?«

»Doch. Warst du denn schon mal verliebt?«, frage ich möglichst beiläufig.

Dana zeigt mir vier Finger. »Patrick, Öner, Josh und Du-weiß-schon.«

Ich bin beeindruckt, will mehr erfahren. Dana rutscht bereitwillig näher heran und ich lausche gebannt ihrem Erfahrungsbericht.

»Patrick war mein Erster, auf der Klassenfahrt letztes Jahr. Das zählt eigentlich nicht, waren nur zwei Tage. Ich fand den vorher ziemlich doof und finde ihn jetzt auch wieder doof, aber in der Jugendherberge haben wir uns um Punkt Mitternacht dreimal geküsst. Also ist er mein erster Ex. Mit Öner ist es anders, den hab ich leider noch nicht geküsst. Öner ist in der Mannschaft meines Bruders, die sind schon fünfzehn. Sie sitzen oft in Nils' Zimmer und spielen am PC. Ich drück dann so mein Ohr an die Wand«, sie lehnt sich an mich, »voll Sehnsucht ... Aber Öner kommt nie zu mir rüber, da kann ich machen, was ich will. Eine Zeit lang bin ich seinetwegen als Fan zu den Fußballspielen gegangen.« Sie schüttelt über sich selbst den Kopf. »Das ist wohl damit gemeint, wenn es heißt: Liebe macht blind.«

Felix jubelt: »Gewonnen!«

»Jetzt das Doppel«, fordern Tim und Piet.

Die Bälle springen wieder. Klack, klack. Die Horde poltert um die Platte.

Dana verdreht die Augen.

»Vielleicht sind alle Fans Verliebte«, sage ich.

»Gut möglich.« Sie nickt vor sich hin.

»Und Josh?«

Jetzt blitzen ihre Augen auf. »Josh ist was Reelles. Der hat mir heute schon zwei Nachrichten aus Kroatien geschickt. Willst du ein Foto sehen?« Sie zückt ihr Smartphone, zeigt einen dunkelhaarigen Wuschelkopf mit großer Sonnenbrille, wischt weiter. »Warte, ich hab ein besseres.«

Josh beim Skaten über eine Treppe von der Seite und in Nahaufnahme vor Danas Hund kniend, sein Gesicht wird leider von der ihn abschleckenden Hundezunge verdeckt. Erst auf dem letzten Bild sehe ich ihn richtig. Da aber hält er ein Mädchen im Arm, das nicht Dana ist.

»Moment mal!«

»Ja, Melissa. Das ist der einzige Haken.« Danas Gesicht verdüstert sich, sie schiebt sich vom Hocker. »Ich für meinen Teil war vorher schon in ihn verliebt.«

»Ist er nicht mehr mit Melissa zusammen?«

Sie faucht: »Natürlich nicht! Sagte ich doch gerade! Er hat Schluss gemacht.«

»Vor oder nach dem Unfall?«

Dana starrt mich fast feindselig an.

»Ist doch eine normale Frage.«

»Ist eine Scheißfrage.« Das wütende Blitzen in ihren Augen verwandelt sich in wässrigen Glanz. Ich will nachhaken, aber da verlässt sie schon fluchtartig den Freizeitraum.

Stumm sehe ich ihr nach.

Ich bin verletzt, aber nicht allzu sehr. Ich ahne, dass Dana selbst ziemlich unglücklich ist. Mit der Frage habe ich offenbar in ein Wespennest gestochen. Ich schüttle den Kopf. Dana ist anders als Tessa, launischer, aber lebendiger, echter, nicht so perfekt und kühl, sonst würde sie ja auch nicht so scheußlichen Schmuck tragen. Ich betrachte ihren Ring an meinem Finger. Den muss ich ihr wiedergeben.

Eine Weile sehe ich dem Spiel zu. Tim und Emma bilden jetzt ein Team und liegen vorn. Dafür vertragen sich Felix und Piet bestens. Bei jedem Punkt, den sie aufholen, klatschen sie sich ab. Die Zeit der Feindschaft scheint vorbei.

Ich muss Dana nicht suchen. Sie kommt von selbst wieder herein, rot im Gesicht vor Empörung: »Lissy, was soll das?! Bei mir machst du einen auf Mauerblümchen, aber wenn keiner zuschaut, gehst du total ran!«

»Wie bitte?« Ich rutsche vom Hocker, halte ihr ihren Ring hin, den sie schlicht ignoriert.

Ich stehe mit ausgestreckter Hand da und höre sie sagen: »Du wusstest genau, dass ich in ihn verliebt bin!«

»In wen jetzt?«

Ich habe wirklich keine Ahnung, wovon sie spricht. Geht es noch um Josh und Melissa? Nein, um Marcel. Gerade kommt er in Begleitung seiner Freunde herein, grinst und zeigt auf mich. »Da ist sie ja.«

Ich fühle, wie mir das Blut in den Kopf steigt. Was habe ich gemacht? Wieso kichern die Mädchen so? Luca, der Leuchtturm, lacht anzüglich und meint: »Hätte gar nicht gedacht, dass du so leidenschaftlich bist!«

Sehr witzig.

Marcel winkt lässig ab, sagt: »Ich bin das schon gewohnt. Alle Mädchen sind verrückt nach mir, das liegt an meiner Ausstrahlung, der Musik ...«

»Wovon redest du?«

In meiner Aufregung stoße ich den Hocker hinter mir um. Poltern, dann Stille.

Das Tischtennisspiel ist unterbrochen. Felix hat den Ball aufgefangen, blickt irritiert zwischen den Ankömmlingen und mir hin und her, stellt sich neben mich. »Was wollt ihr?«

»Sie hat Marcel geküsst und ihm Knutschflecken gemacht.« Dana verschränkt die Arme vor der Brust und sieht mich zornig an.

Ich möchte lachen, aber es bleibt mir im Hals stecken. Marcel präsentiert eine rote Hautstelle an seinem Nacken. »Nicht der Rede wert, kleiner Liebesbeweis.«

Jetzt schleudert Felix Ball und Schläger auf den Boden. »Merle hat dich nicht geküsst! Nimm das sofort zurück!«

»Woher willst *du* das denn wissen? Warst du gestern am Steg dabei?«

Felix springt vor, reißt Marcel zu Boden und wirft sich auf ihn. »Das ist kein Knutschfleck.«

»Sicher! Sie kann nicht küssen und hat dabei zugebissen! Du hast mich gebissen, Lissy, gib's zu!«

Würde Luca Felix nicht von Marcel wegziehen, käme es jetzt womöglich zu einer Prügelei. So aber kann Marcel wieder aufstehen und gönnerhaft sagen: »Bleib locker, ich weiß ja, wie du's gemeint hast. Ich find dich auch ganz knuffig. Du darfst es also gern noch mal versuchen. Mit der Zunge, nicht mit den Zähnen, Lissy!«

»Ich heiße nicht Lissy!«

»Natürlich nicht, das ist ihr Spitzname«, erklärt Dana den anderen und stellt mich damit als echt plemplem dar.

»Ich habe dich nur gebissen, um Tim zu helfen«, erkläre ich, und damit Dana es auch kapiert, trete ich ihr auf den Fuß. »Das hättest du dir doch denken können! Küssen würde ich den nie, da würd ich ja lieber ...«

»... deinen Fisch küssen?«, ergänzt Marcel. Er wendet sich an seine Leute: »Sie sagt, die Fische im See gehören ihr, zumindest der Riesenwels ist angeblich ihr Privatbesitz.«

Jetzt erfüllt Gelächter den Raum. Und obwohl ich an Danas Gesichtsausdruck erkenne, dass sie ihren Irrtum begreift, und obwohl Tim und Piet sich zu mir stellen und auch Felix treu an meiner Seite bleibt, trifft mich der Satz eines der Mädchen völlig ungeschützt: »Dein Fisch wird spätestens beim großen Angelwettbewerb am Donnerstag gekillt. Was meinst du, warum wir hier sind? Da kommen Leute von überall her, echte Profis. Die wollen stattliche Viecher aus dem See holen, die was auf die Waage bringen. Ein Wels kann einem dabei zum Sieg verhelfen. Sag ihm also, er soll seine letzten Luftblasen machen, denn Donnerstag …«, sie verdreht die Augen, streckt die Zunge raus und tut so, als zöge jemand ihren Kopf an einem Strick nach oben, »Donnerstag ist Schlachtfest.«

21

Wir überlassen den Jugendlichen den Freizeitraum und rennen zum See. Felix stürmt voraus, rast über den Steg und flucht.

Ich laufe ihm nach. »Hey! Ich habe Marcel nicht geküsst, ich schwör's!«

»Das können wir bezeugen«, ruft Piet weit hinter uns.

Ich erreiche Felix, schlinge meine Arme um seinen Körper; sie bewegen sich mit jedem seiner Atemzüge mit.

Vor uns liegt der See, still und glatt, aber schlechtwettergrau. Ein erstes gelbes Blatt trudelt vorbei.

»Du glaubst mir doch wohl?«, flüstere ich und sehe für einen Moment unser gemeinsames Spiegelbild im Wasser. »Weil ... wenn nicht ... dann wäre ich wirklich beleidigt, dann wären die letzten Tage ... dann hätten die ja gar keinen Wert gehabt ...«

Felix dreht seinen Kopf zu mir, blinzelt.

»Ich bin nicht so cool wie der, Merle.«

»Du weißt, ich steh nicht auf Coole.«

»Ja.« Felix lehnt seine Stirn an meine, schließt die Augen.

Es ist eine kurze, herzklopfige Vertrautheit, die uns beiden Sicherheit verschafft, eine Atempause und Lebensrettungszärtlichkeit.

Hinter uns geht das Chaos rasant weiter: Getrampel, Geschrei, Gerangel.

»Hau ab, Dana. Du steckst doch mit Marcel unter einer Decke!« Tim spuckt die Worte Dana entgegen, die uns gefolgt ist. Emma ist nicht mehr zu sehen, vielleicht ist sie nach Hause gegangen.

Auch Piet will Dana vertreiben. »Du bist ja eh nicht auf unserer Seite.« Er wendet sich an uns. »Aber wir wollten den Wels doch beschützen. Los, wir gründen eine Gang zu seiner Rettung!«

Felix und ich tauschen einen Blick. So ein Bündnis ist genau das Richtige!

»Ja, machen wir's«, sage ich.

»Dann brauchen wir einen Namen«, flüstert Tim verschwörerisch.

»Den bestimmt Felix.« Ich nicke ihm zu.

»Die Seesheriffs«, antwortet er spontan.

Piet zieht uns zu einem Kreis zusammen, wie's Fußballer vor einem Spiel tun, und wir stampfen mit den Füßen und brüllen alle Schlachtrufe, die uns so einfallen.

Freude durchströmt mich. Felix ist mein Freund. So richtig. Vielleicht sind wir auch zusammen, kann sein, aber vor allem ist er mein Freund. Ein Wort, dessen volle Bedeutung ich gerade zum ersten Mal verstehe und fühle, ein Wort, das mich jubeln, lachen und Tränen in die Augen bekommen lässt, ein Wort, so gut wie ein Zuhause. Ich weiß nicht, wann ich das letzte Mal so ausgelassen war ... mit Chiara ... ja, als ich noch ihre beste Freundin war.

Auf einmal schwenkt mein Blick zu Dana. Allein und x-beinig steht sie da und kaut an ihren dunkel-lila Fingernägeln.

Ich löse mich von den Jungs und bringe ihr den Ring.

Diesmal nimmt sie ihn. »Der sollte eigentlich ein Geschenk für dich sein.«

»Du hättest dir denken können, dass ich Marcel nicht geküsst habe. Er war brutal zu Tim und gerade auch ätzend zu mir. Ich mag ihn nicht.«

»Er hat auch gute Seiten. Marcel hat einfach Angst im Wasser. Das weißt du. Nur deswegen hat er so reagiert.«

»Pech für ihn.«

»Er soll ja auch nicht dein Freund werden, Merle, sondern meiner. Doch leider scheint er sich in dich verliebt zu haben. Erst als er hörte, dass du mit Felix im Freizeitraum bist, ist er so komisch geworden. Ich glaub, er hat gedacht, du hättest deinen Freund nur erfunden, weil der bisher nie dabei war.«

Ich zeige ihr einen Vogel.

»Doch, da ist was dran! Sonst hätte Marcel auf meine Frage, ob das ein Knutschfleck ist, auch nicht gesagt, der wär von dir. Der steht auf dich! Glaub mir, ich hab da mehr Erfahrung als du.«

»Pah!«

»Dann eben nicht! Und was macht ihr jetzt?« Sie verzieht abfällig das Gesicht. »Eine blöde Bande sein? Über Fische reden? Danke, ohne mich.« Beleidigt stolziert sie davon.

Unsere ersten Ideen zur Welsrettung sind zugegebenermaßen simpel.

Tim: Arschbombenterror.

Ich: Eine Tierschutzdemo.

Piet: Alle Fische mit Netzen einfangen, in große Aquarien setzen und kurzzeitig an einen sicheren Ort evakuieren.

Der Vorschlag »Mit Paul reden« kommt von Felix und wird als einziger in die Tat umgesetzt.

Meine Großeltern wissen nichts vom Angelwettbewerb, was mich sofort sehr beruhigt. Womöglich haben Marcel und seine Leute das Angeln genauso erfunden wie den angeblichen Knutschfleck.

Opa verspricht, sich gleich zu erkundigen. »Wir sind bei Nachbarn zum Grillen eingeladen. Da werden wir versuchen, Näheres in Erfahrung zu bringen. Du kannst mitkommen, Merle, oder willst du heute Abend bei Hahns essen?«

»Bei uns«, antwortet Felix an meiner Stelle.

»Dann gibt's heute keine Welsgeschichte?«, fragt Piet enttäuscht. »Schade! Sie müssen uns doch für unsere Rettungsaktion inspirieren, Herr Kuchendorf.«

Opa lacht. »Du kennst ja Ausdrücke!«

»Piet schreibt die besten Aufsätze«, prahlt Tim.

»Ich werde Dichter«, sagt Piet stolz.

Tim setzt noch einen drauf: »Ich gehe lieber an die Börse. Als Banker verdiene ich Millionen. Und was willst du werden, Felix?«

»Das entscheide ich ein andermal.« Felix hat die Verbrüderung mit Tim und Piet ebenso gut gefallen wie mir, aber ich spüre, dass er sich jetzt gern mal wieder abseilen würde, zumal der Wels vielleicht doch nicht in Gefahr ist. »Komm, wir gehen zu mir.«

»Treffen wir uns später wieder?«, fragt Piet.

Ich erwarte, dass Felix ablehnt und eine Ausrede erfindet, aber stattdessen sagt er: »Ich will Merle nachher die Gruselscheune zeigen. Vielleicht inspiriert uns das.«

»Wo das Wespennest war.« Tim stößt mich ehrfürchtig an. »Das ist nur was für Leute mit starken Nerven. Also, alle Seesheriffs treffen sich hier um halb neun mit Taschenlampen zur Gruselwanderung, okay?«

Nachdem Tim und Piet fort sind, bleiben Felix und ich einfach auf der Veranda sitzen.

»Der See ist so schön groß«, murmele ich, »bei Gefahr muss unser Wels einfach nur dorthin schwimmen, wo ihn niemand vermutet.«

»Wir werden ihm die verborgenen Winkel zeigen. Morgen soll das Sommerwetter zurückkommen. Ich freue mich drauf, wenn wir wieder mit Zacki losziehen können. Wir wollen ja auch noch zur Villa. Da ist es so verwunschen, dort treffen wir vielleicht den Wels.«

Ich lege meinen Kopf an Felix' Schulter. Er spielt mit der Kordel meiner Kapuzenjacke, lässt das ausgefranste Ende wie einen Pinsel über meinen Hals malen.

»Das kitzelt!«

Er gibt ein tiefes Glucksen von sich.

»Da hat der Wels Laut gegeben.«

»Ich muss ihn versehentlich verschluckt haben.«

»Du Vielfraß! Der Wels ist fast so groß wie du.«

»Soll ich das karierte Hemd anziehen?«, fragt Opa im Haus.

»Nimm auf jeden Fall eine Jacke mit. Merle, sollen Opa und ich dir nicht kurz zeigen, wo wir sind? Damit du uns findest, falls du etwas brauchst?«

»Ist gut.« Ich lege Felix beim Aufstehen die Hand auf die Schulter. »Bis gleich.«

22

Das Blockhaus, in dem meine Großeltern eingeladen sind, liegt genau neben dem von Danas Familie. Ihr Hund entdeckt und begrüßt mich sofort. Sie tut dagegen so, als sähe sie mich nicht, ruft ihren Rusty zu sich.

Ich habe ein schlechtes Gewissen und beschließe daher, den Anfang zu machen.

»Hey«, sage ich, »wir machen um halb neun eine Gruselwanderung, wenn du willst, komm mit.«

Sie schlendert an den Jägerzaun heran, der das Grundstück umgibt. »Ist das dein Friedensangebot? Großartig. Ich fühle mich geehrt.«

Und ich fühle mich veralbert. Also schweige ich.

Von nebenan zieht Grillfeuergeruch herüber, ich höre Oma lachen. Eigentlich sollte ich jetzt zu Felix gehen, aber ich mag Dana, obwohl sie dauernd so zickig ist. Sie hat sich umgezogen, trägt einen eng anliegenden, dunkelroten Body, der deutlich zeigt, dass sie vorn schon viel mehr weibliche Rundungen hat als ich. Als sie merkt, dass ich sie betrachte, streckt sie den Oberkörper vor und grinst.

»Ist aus dem Kleiderschrank meiner Mutter. Der BH auch.« Dana streift den Body ein Stück herunter und lässt mich einen Blick auf die erbeutete Unterwäsche werfen. »Wusstest du, dass der BH teurer war als Body und Jeans zusammen? Ist das nicht irre? Dafür werden wir später unser Geld ausgeben müssen, Lissy.«

Ich nicke sprachlos.

»Und für die Friseure. Die zocken die Frauen richtig ab! Sagt meine Mutter jedenfalls. Sie will übrigens nicht, dass ich ihre Sachen anziehe, also verpetz mich bloß nicht.«

»Warum sollte ich das tun?«, frage ich empört.

»Nur so.« Dana streichelt gelassen den Rücken ihres Hundes, wirft einen angeödeten Blick zum Nachbarhaus, in das weitere Gäste strömen. »Meine Eltern sind auch nebenan. Große Party. Zum Gähnen. Solltet ihr eure Wanderung zufällig zu einer Disco machen, bin ich dabei.«

»Hier gibt's doch gar keine.«

»Vier Kilometer. Zu Fuß oder trampen. Sollen wir?«

»Würde ich nie machen«, sage ich, reichlich erschrocken.

»Braves Baby. Du passt richtig zu Oma und Opa.«

»Ich fühle mich da wohl …«

»Du kennst doch den Spruch: Brave Mädchen kommen in den Himmel, böse überallhin.«

Jetzt muss ich lachen.

Auch Dana entspannt sich. »Und sonst?«, fragt sie.

»Marcel interessiert mich überhaupt nicht.«

»Ja, sorry.« Sie tut zerknirscht, doch nur für einen Augenblick. »Willst du mal meine Bude sehen? Da kann man ungestört reden.«

Sie öffnet mir das Jägerzauntörchen und ich folge ihr durch einen mit unzähligen getöpferten Engeln, Zwergen, Enten und Igeln vollgestopften Garten in ihr Reich. Sie hat ihr Zimmer in einem Anbau mit eigenem Bad und Eingang. *Casa Dana* steht auf einem – natürlich getöpferten – Schild an der Tür. Drinnen ist vom Geschmack ihrer Mutter allerdings nichts mehr zu erkennen. Die Holzvertäfelung ist abwechselnd weiß, schwarz und pink gestrichen, überm Bett hängt die USA-Flagge und zur Beleuchtung dient eine Lichterkette aus kleinen Totenköpfen. Spiegel hat sie auch ziemlich viele. Sobald man hereinkommt, sieht man sich von allen Seiten, was mich fasziniert und irritiert; wie schwindelig drehe ich meinen Kopf, um meine Haare von hinten zu studieren.

Dana betrachtet mich amüsiert und lässt sich rücklings aufs Bett fallen. Ein großes, flaches, japanisches Bett. Wenn's ein Wasserbett wäre, würd's mich auch nicht wundern.

»Jetzt hast du aber genug gestaunt.«

Ich lächle verlegen. »Das ist ja auch außergewöhnlich ... ein bisschen so wie du! Und das ist ganz allein dein Haus hier?«

»Sicher. Ich würd die Krise kriegen, wenn ich nicht kommen und gehen könnte, wann ich will.«

»Hast du keine Angst?«

»Angst? Nein. Ich hab ja Rusty. Ich stelle mir manchmal vor, wie's wäre, wenn – nur so als Beispiel – Marcel um Mitternacht ans Fenster klopfen würde ... Rusty würde uns nicht verraten ...« Sie wuschelt ihrem Hund über den Kopf, winkt mir, mich neben sie zu setzen.

»Die Decke hab ich mit fluoreszierenden Stickern beklebt.« Ihr nackter Fuß zeigt nach oben.

Ich nehme Platz und stelle fest: »Keine Totenköpfe, sondern Sterne. Schon mal gut.«

»Wir werden alle irgendwann Gerippe mit Totenköpfen sein, Lissy.«

»Pfft! Das dauert hoffentlich noch.«

»Vorher wollen wir noch küssen, was?«

»Zum Beispiel.«

»Zum Beispiel: wen?« Ihre Zehen wackeln in der Luft.

»In diesem Licht sieht dein Nagellack echt klasse aus.«

»Lenk nicht ab, Lissy. Aber warte«, sie rollt sich auf die Seite, »ich mach dir deine auch, wenn du willst.«

»Gerne.«

Sie kramt in einer Minikommode herum. »Musst mir aber verraten, wen du küssen würdest.«

»Kannst du dir doch denken.«

»Piet!«, albert sie.

»Quatsch.«

»Der Furzknoten steht auf dich. Den kriegst du sogar in Kombination mit seinem Bruder. Zwei auf einen Streich!«

»Dann hätte ich dir ja was voraus.«

Sie lacht, greift nach meinem linken Fuß und löst meinen Schuh. »Stillhalten! Felix wird Augen machen.«

»Bei der Wanderung sieht er das nicht.«

»Aber morgen, wenn ihr im Wasser um euren Fisch tanzt!«

»Ich hätte Felix fast schon mal geküsst!« Die Worte sind nicht aufzuhalten, springen wie Frösche aus meiner Kehle. Dabei weiß ich gar nicht, ob ich es wirklich getan hätte, aber ich denke an die Veranda, an den Schuppen und auch an die Steilwand, und auf einmal stelle ich es mir schön vor.

Dana kreischt vor Vergnügen. »Eeeecht? Hast du oder hast du nicht?«

»Oma und Opa kamen dazwischen«, schummle ich.

Dana beugt sich konspirativ vor. »Du musst auf die richtige Gelegenheit warten. Vielleicht ist der Gruselausflug gar keine schlechte Idee. Ich zieh mich mal schnell um. Wer geht denn alles mit?«

Wir sind zu sechst, denn Emma kommt auch mit. Ich habe es nicht geschafft, vor dem Treffen noch bei Felix vorbeizugehen, habe bei Dana total die Zeit vergessen. Was die schon alles gemacht hat!

Die Zwillinge stehen bereits auf der Veranda meiner Großeltern.

»Wo ist Felix?«, fragt Piet.

»Wir holen ihn ab«, sage ich.

Auf dem Vorplatz bitte ich die anderen aber zu warten und tauche allein unter der jetzt leuchtenden Lichterkette überm Eingangstor hindurch.

Familie Hahn hat sich auf der rumpeligen Terrasse zum Abendbrot eingefunden. Felix, Hannes, Christoph und dessen Freund Aziz fläzen sich auf den Holzbänken. Die Mutter sitzt vor Kopf und raucht mit übereinandergeschlagenen Beinen und weit zurückgelehntem Oberkörper eine Zigarette. Vater Hahn befindet sich in der Hängematte (ebenfalls rauchend), von ihm sehe ich nur ein Stück seines behaarten Beins und einen vom Tennissand rot verfärbten Turnschuh.

»Na endlich, Mademoiselle Kuchendorf!«, begrüßt mich Frau Hahn. »Wir warten seit über einer Stunde darauf, endlich Felix' herrlichen Obstsalat essen zu dürfen, den er vor allem für dich gemacht hat!«

»Das wusste ich nicht. Tut mir leid, dass ich so spät bin.«

Ich stolpere an den Tisch heran. Auf einem runden Keramikteller sind alle möglichen Früchte, Melonenscheiben, Ananasstücke, Apfel- und Bananenscheiben, Blutorangenschnitze und Waldbeeren, zu einem feinen Muster drapiert. In der Mitte bildet ein Wechsel von Blau- und Johannisbeeren ein großes M.

»Für mich?«, frage ich und sehe Felix an.

Er schweigt, schaut nur bedeutungsvoll zurück.

»Bei uns gibt's keinen mit M«, erklärt Christoph. »Es sei denn, Felix meinte Mmmama.«

Die schnaubt nur.

»Wimmmpy«, ergänzt Aziz.

Lautes Gelächter.

»Wimpy liegt hier auf meinem Bauch«, meldet Felix' Vater, und für einen kurzen Moment sehe ich seine Hand über der Hängematte schweben. »Schnurrt wie 'ne Harley.«

»Dürfen wir jetzt?« Frau Hahn drückt ihre Zigarette in einer leeren Ölsardinendose aus und rutscht zurück an den Tisch.

»Schnell, sagt der Vegetarier, das Essen wird welk«, ulkt Hannes und hackt im gleichen Moment als Erster mit der Gabel zu. »So, Kleiner, deine Freundin hat das Kunstwerk bewundert, jetzt beginnt der Überlebenskampf. Wenn sie was abhaben will, muss sie sich ranhalten.«

Der Obstsalat verliert im Nu seine Form.

»Das Vanilleeis, Jungs!«, befiehlt die Mutter.

Aziz steht auf und holt es aus dem Kühlschrank im Haus. Nachdem er großzügige Portionen auf die Teller seiner Freunde geklatscht hat, drückt er mich kurzerhand auf die Bank neben Felix. »Iss, damit du groß und stark wirst.«

»Groß und schön? Ist sie doch schon«, macht Christoph mir ein Kompliment.

Jetzt hebt der Vater zum ersten Mal neugierig den Kopf aus der Matte. Hannes klaubt meine Namensbeeren mit den Fingern auf. »Viel zu hübsch für unsern Trampel, der jeden dritten Ball ins Netz haut.«

Felix wird wütend. »Könnt ihr mich mal in Ruhe lassen?! Und uns nicht alles wegfressen, ihr Heuschrecken!«

»Wer zu spät kommt, den bestraft das Leben«, entgegnet sein Bruder und mampft ungerührt mein Monogramm weg.

»Eine richtige Dame kommt zu einer Verabredung immer zu spät«, verteidigt mich Frau Hahn jetzt, steht auf, füllt mir eine kleine Porzellanschale mit Eis und Obst und dekoriert es mit einer dicken Brombeere. »Noch ein Blatt Minze?«

Am Tisch herrscht gefräßiges Schweigen. Die Mutter beobachtet mich, alle anderen sind auf ihren Nachtisch konzentriert. Vater Hahn ist wieder in seiner Hängematte abgetaucht.

Vom Weg her ist Getuschel zu hören.

»Die Anstandswauwaus«, kommentiert Hannes. »Wenn du deine Prittstifte immer dabeihast, Felix, kommst du nie zu Potte.«

»Also bitte!«, schimpft Frau Hahn und schlägt mit der freien Hand auf den Tisch, unter dem Aziz und Christoph gleich vor Lachen liegen.

Ich sage nichts.

Felix auch nicht. Er steht auf. »Ihr seid echt ...« Er streckt ihnen die Zunge raus.

»So ist das, wenn man nur Söhne hat. Ein Kreuz ist das, ein richtiger Schicksalsschlag.« Frau Hahn richtet ihre perfekte Frisur und lässt ihr goldenes Feuerzeug klicken. Bevor sie's zur Zigarette führt, wirft sie Felix aber noch eine Kusshand zu, die er mit einem Nasekrausziehen beantwortet. Offenbar gehört Necken in dieser Familie zum guten Ton.

23

Im Gänsemarsch hüpfen wir bei einsetzender Dämmerung in den Wald. Emma stolpert über eine Wurzel. Tim erklärt uns stolz die Crossstrecke mit den selbst gebauten Sprungschanzen. Felix weist mich auf einen vom Blitz zersplitterten Baum hin: »Da hat Zacki reingebissen.«

»Er hat Küssen geübt«, flüstere ich ihm ins Ohr.

Felix bleibt stehen, schaut mich überrascht an – und fängt mich dann unfreiwillig auf, denn Schlusslicht Piet schubst mich gegen ihn.

»Weiter, nicht den Anschluss verlieren!«

»Angst im Dunkeln?«, ruft Felix ihm nach und wendet sich zu mir. »Zacki will küssen?«

»Vielleicht. Wie die Welse … «

»Die müssen ja auch keine Angst vorm Ertrinken haben!«

Ich bin gekränkt. »Du bist ein komischer Kauz.«

»Hu-hu-hu-hu!«

Ich muss lachen. Felix' Rufen ermuntert die anderen, ebenfalls Eulenstimmen nachzuahmen. Nur einer ist auf der völlig falschen Fährte: Er macht einen Kuckuck nach.

»Hör dir die Idioten an«, sage ich.

»Kiddies. Keiner von denen hat je geküsst.«

»Doch. Dana.«

»Stimmt. An die hab ich nicht gedacht. Ich bin aber auch froh, dass du mehr wie du bist und nicht wie sie.«

Ja. Das sollte ich wohl auch sein.

Die Gruselscheune ist völlig zugewuchert, selbst auf ihrem Dach wachsen kleine Bäume. Nur die Lichtkegel unserer Taschenlampen trauen sich bis in die Fensterlöcher hinein.

Ein echtes Käuzchen ruft scharf: »Kju-wick, kju-wick.«

Wahrhaft schaurig sind dann aber vor allem die kleine Beule in Piets Nacken, die sich als schon halb vollgesogene Zecke entpuppt, und die klagenden Krächztöne der Siebenschläfer. Angeblich sehen die wie Eichhörnchen aus (zu Gesicht bekommen wir keine, obwohl sie direkt über uns in den knackenden Zweigen herumturnen), aber ihre Geräusche sind wirklich monstermäßig. Da vor der Scheune ein Heer von Brennnesseln wacht und wir nach dem Blick auf die aufgeblasene Zecke alle das Gefühl haben, es jucke, krabble und kratze uns schon überall, treten wir rasch den Rückzug an. Die romantische Stimmung ist verflogen, denn Piet und Tim diskutieren lautstark, wie das eklige, blutsaugende Spinnentier hinzurichten sei, wenn es denn samt Kopf aus Piet herausgedreht worden ist. Ein Flammenwerfer wäre wohl die beste Lösung. Eine Zecke, muss man glauben, hat an die zwanzig Leben. Emma behauptet sogar, wenn man sie die Toilette hinunterspüle, überlebe sie das, krieche aus der Schüssel wieder heraus und lauere unter dem Sitz.

»Um den nächsten in den Hintern zu stechen«, ergänzt Tim und erntet entsetztes Geschrei.

Opa sitzt auf der Veranda und empfängt uns mit den Worten: »Man hört euch schon von Weitem. Habt ihr etwas Lustiges erlebt?«

»Wir waren uns gruseln«, erklärt Felix. Ob er dabei unser Gespräch übers Küssen einschließt?

»Können Sie eine Zecke rausmachen, Herr Kuchendorf?«, fragt Piet.

»Könnte ich, aber als Zahnarzt hat Felix' Vater doch viel geschicktere Finger als ich.«

»Stimmt.« Piet grinst Felix an.

»Okay, komm mit!« Bevor sie gehen, flüstert Felix mir zu: »Kann ich gleich noch mal rüberkommen?«

Ich freue mich und nicke, verabschiede mich dann von den anderen. Dana winkt im Gehen mit den Fingern, ruft zwitschernd: »Schlaf gut. Bis morgen!«

Opa sagt: »Wie schön, dass du dich so gut eingelebt hast!«

Wenig später sitze ich in Schlafanzug und dicken Socken bei Opa auf der Eckbank, erzähle vom Tag. Oma kocht Kräutertee, um »die fettigen Antipasti zu verdauen«. Ich bekomme auch eine Tasse (mit einem Löffel Honig drin), schlürfe den heißen, dampfenden Tee, frage eher beiläufig nach dem Angelwettbewerb.

»Leider«, murmelt Opa und krault mir mit der Hand über den Rücken, »leider, ja, es stimmt.«

Ich bin wie vor den Kopf gestoßen. Hatte ich doch wirklich gedacht, das fremde Mädchen habe das Wettangeln nur erfunden, um uns zu ärgern! Dass weder meine Großeltern noch die Hahns davon wussten, hatte mich so beruhigt, dass ich die Bedrohung für den Wels schon wieder so gut wie vergessen hatte.

»Kann man wenig machen.« Oma lässt sich schwerfällig neben uns nieder. »Weißt du, Paul, genau wie zu Hause, wo die neuen Nachbarn den schönen Vorgarten mit der Hagebuttenhecke durch ein Geröllfeld mit Steingitterwand ersetzt haben. Die Leute sehen gar nicht, dass ihre Welt tot ist.«

»Du bist wegen des Abends deprimiert, Maria, weil Steffi so komisch auf dich eingeredet hat. Mach unsere Merle nicht traurig!«

»Hast recht. Mehr Honig, Merle?«

Abwesend schüttle ich den Kopf. Mich kann keiner traurig machen, ich bin es schon. Ich fühle die gleiche Enttäuschung wie letzte Nacht im Traum, als mir das Meer all meine Schätze entriss. Zwar ist der Wels nur eine Idee, eine Geschichte, auch eine Art Traum, aber ich glaube, wenn mir in vier Tagen wirklich jemand einen toten Wels präsentiert, breche ich in Tränen aus. Ich erzähle von meinem Muscheltraum.

»Das Leben ist nun mal voller Veränderungen. Aber ein, zwei Schätze kannst du immer festhalten«, sagt Opa voller Überzeugung.

Oma rührt in ihrer Tasse, obwohl sie leer ist. »In gewisser Weise haben wir vor ein paar Tagen doch auch den Wels unverhofft geschenkt bekommen – so wie du im Traum deine Muscheln. Opa hat recht: Glück kommt und geht.«

»Und sieh doch, Merlchen«, krächzt Opa, »dein Freund.«

Felix merkt gleich, dass etwas anders ist. »Ich dachte, bei Kuchendorfs gäb's nur Gute-Laune-Kuchenstimmung? Ist ja meist so!«

Daraufhin drückt Oma ihn spontan an sich. »Du bist ein Netter.«

»Felix, die wollen unseren Wels wirklich angeln«, sage ich leise.

»Ach, nein! Bitte nicht!« Er setzt sich neben mich auf die Bank. Ich sehe ihm an, dass er noch mehr sagen möchte; er macht den Mund auf – und wortlos wieder zu.

Oma holt ein paar Prospekte aus der Kommode. »Schaut mal. Wir könnten am Donnerstag doch einen Ausflug machen. Möchtet ihr einen Hochseilgarten besuchen oder ... wie heißt das noch, wo van Joosts hingefahren sind ...?«

Sie schiebt uns die bunte Werbung herüber, aber weder Felix noch mir ist nach fröhlichen Freizeitevents.

Oma redet weiter: »Ich denke, es wäre vielleicht ganz gut, wenn ihr an dem Tag nicht hier seid.«

»Und wer soll dann den Wels beschützen?« Ich weiß ja selbst, dass ich das nicht kann, und weil ich es nicht ändern kann und alle anderen jetzt schweigen, kommen mir die Tränen. »Ich möchte, dass das hier mein Zuhause bleibt.«

»Aber das tut es doch«, antwortet Opa leise.

Felix kaut stumm an seiner Lippe.

Oma schiebt die Prospekte auf dem Tisch zusammen, auseinander und wieder zusammen.

»Kannst du uns vom Wels erzählen, bitte?«

»Ach, Merlchen, heute …« Opa sieht mich ratlos an.

»Dir fällt doch immer was ein!«

Opa blinzelt. Sein Gesicht kommt mir gerade besonders faltig vor, aber in seinen Augen liegt keine Spur von Müdigkeit. Sein Blick ist so tröstend wie ein Wolkenloch im bedeckten Himmel. Liebevoll legt er mir die Hand auf die Schulter. »Warte.« Er steht auf und holt ein großes Wellhornschneckenhaus aus dem Schlafzimmer. Ich staune. Es ist, als hätte Opa neulich meine Gedanken gelesen. »Ein Mitbringsel – nicht aus deinem Traum, aber …«

»Stopp! Nicht mehr sagen! Ich weiß, woher«, unterbreche ich ihn. Ich will nicht hören, was es wirklich damit auf sich hat; ich will jetzt nicht groß und vernünftig sein. Ich will noch einmal an Zauberhaftes glauben, an sprechende Tiere und Gedankenübertragung, an Magie und die Unbeschwertheit eines Sommers am See. Ich will daran glauben, dass einem das, was man liebt, niemals jemand wegnehmen kann.

»Danke, Opa, danke, danke. Dürfen Felix und ich es dem Wels bringen? Dann weiß er, dass wir seine Freunde sind. Es ist genau das richtige Zeichen im richtigen Moment.«

Opa kann mir zwar nicht ganz folgen, nickt aber lächelnd.

»Um die Zeit wollt ihr noch los?«, fragt Oma stirnrunzelnd, als ich Felix von der Bank hochziehe.

»Nur kurz!«

»Lass sie«, sagt Opa, und das ist auch das Letzte, was wir hören, wir sind bereits unterwegs.

Am Ufer ist es heller als zwischen den Bäumen. Vom Steg aus können wir im Westen den letzten Streifen Sonnenlicht sehen. Büsche und Bäume darunter sind pechschwarz und für die Nacht zu einer einzigen, zotteligen Hecke zusammengerückt, die aussieht wie ein uraltes, märchenhaftes Tier, ein großer, langbäuchiger Igel. Der Himmel hat eine herzöffnende Weite und Farbe (ich muss wieder an Opas Augen denken) und das Seewasser schmückt sich mit schimmernden, weichrosa Schlieren. Im vordersten Rosa dümpeln unsere Schwäne, biegen ihre weißen Hälse und schauen zu uns herüber, als erwarteten sie, dass wir sie füttern wollen. Weil's so schön ist (nur deshalb), fassen wir uns an den Händen.

Ich erzähle Felix von meinem Tagtraum, dass eine Bartel des Welses sich in einem Schneckenhaus verfangen hat, und wie wundersam es ist, dass Opa gerade heute seinen Fund hervorgeholt hat. Felix versteht mich und bittet: »Lass es uns gemeinsam ins Wasser werfen, dann hilft's dem Wels!«

»Gut. Gleich hier vorn, wo Opas Rad liegt.«

»Moment.« Felix hält das Häuschen ins Abendlicht. »Ich fange für ihn die letzten Sonnenstrahlen ein. So, fertig. König des Waldsees, pass auf dich auf!«

»Los geht's! Eins – zwei – drei.«

Wir werfen das leichte Etwas in die Luft. Wie ein Kunstspringer dreht sich das bauchige Türmchen im Flug und taucht dann mit der Spitze voran ins glatte graublaue Wasser.

Eine Weile stehen wir nur still nebeneinander. Sich locker wieder an den Händen zu fassen, ist plötzlich undenkbar, der Moment ist zu bedeutsam.

»Was war das vorhin mit dem Küssen, Moderlieschen?«

»Weiß ich auch nicht.«

Ich schweige verlegen, beobachte, wie die letzten Sonnenstreifen im samtigen Grau verschwimmen.

Der Steg schwankt.

»Spürst du das, Felix?«

»Hmm. Der Wels ist unter uns. Er schrubbelt seinen schuppigen Rücken am Holz. Er will gekrault werden.«

»Und ...«, meine Stimme ist nur ein Hauch, »auch ... geküsst? Wer küsst den Fischkönig?«

»Jeder einzelne Wassertropfen.«

24

Beim morgendlichen Schwimmen kehrt meine Sorge um den Wels zurück. Am Ufer zähle ich heute gleich drei Angler. An den Bäumen prangen Plakate, die den nahenden Wettbewerb ankündigen.

Opa begleitet uns wieder einmal nicht und Oma ist ganz schweigsam.

»Opa ist doch nicht krank? Er denkt nur wieder nach, oder?«

Die Antwort ist ein stummes Nicken. Auf einmal greift sie nach meiner Hand. »Könntest du die Geschichte vom Wels aufschreiben, Merle? Würdest du das für mich tun? Du hast so eine schöne Schrift.«

Ich nicke. Dann schwimme ich schnell fort von ihr, weit hinaus, was ich morgens sonst nie tue. Aber ich muss für mich sein. Ich möchte nicht, dass Oma sieht, wie leicht immer noch die Traurigkeit in mich hineinschwappen kann, die ich vor dem Urlaub empfand. Es passiert so schnell, wie das Wasser die Farbe wechselt, je nach dem, welche Wolken über den Himmel ziehen.

Hier ist es die ganze Zeit wohltuend gut gewesen. Felix, Opa, Zacki, Dana, der Wels ... Alles hat mir gefallen. Selbst die Sache mit dem Kuss erscheint mir manchmal wie ein weiteres kleines Seeabenteuer. Opas Rückzug und die Angler aber stellen alles infrage.

Ich atme tief ein. Ich will kein wankelmütiges Abbild der Wetterlage sein; ich will auf dem Wasser balancieren wie die Wasserläufer, die mit ihren dünnen Beinen über der Oberfläche schweben und ihre Fühler forsch nach vorn strecken.

Oma signalisiert mir, dass sie eine weitere Runde dreht. Währenddessen tritt ein Typ mit einem seltenen Musikinstrument unter dem Arm auf den Steg, setzt sich und beginnt zu spielen.

Die wehmütigen Töne passen genau zu meiner Stimmung, aber ich zwinge mich, mit kühlem Kopf in seine Richtung zu kraulen. Ich bin ein Wasserläufer, die sind wendig und schnell.

Marcel erkennt mich sofort, nickt zur Begrüßung.

»Du solltest wirklich Musiker werden, kein Angler!«

Er lacht. Seine Hände bewegen sich jetzt anders, kreuz und quer über das Hang; die Musik nimmt Fahrt auf, ist nicht mehr so schwebend, bekommt einen faszinierenden Beat. Kann es ein, dass er ein Lied für mich improvisiert?

»Marcel!«

»Ja?«

»Hör bitte auf!«

»Warum?« Er spielt noch wilder – als würde er das Instrument durchkitzeln! – und wippt dazu grinsend mit dem Kopf. Die Rappermütze verrutscht ein bisschen, steht ihm aber gut.

Ich will nicht, dass mir das gefällt, denn der da so herrliche Töne hervorbringt, gehört zu den Feinden des Welses. Ich schwimme noch einmal hinaus. Marcels Töne folgen mir, hüpfen über meine durchs Wasser pflügenden Finger, prickeln in meiner Nase.

Als ich schließlich ans Ufer wate, ist Marcel wieder fort. Oma bibbert unter ihrem Badetuch. »Du wirst noch mal eine Wasserfrau werden, Merlchen.« Sie zeigt auf unsere Liegestühle. »Er hat dir da was hingelegt.«

»Wer? Marcel?«

»Ich weiß nicht, wie er heißt.«

Ich laufe hin. Auf dem Stoff formen flache Steine ein Herz. Die findet man nicht hier auf der Wiese, nur weiter drüben, beim Steg. Marcel muss zwei Handvoll extra hergebracht haben. Mir wird ganz heiß. Natürlich fühle ich mich geschmeichelt, aber ... es passt einfach nicht. Marcel hat sich die Falsche ausgesucht.

Dana sollte diesen Gruß besser nicht sehen, genauso wenig Felix. Also sammle ich die Steine ein und lege sie als Häufchen unter die Liege (wegwerfen will ich sie auch nicht). Dann hole ich Oma ein, die meine »außerordentlich hübschen Fußnägel« lobt.

Felix ist unentschieden, ob er meinen neuen Look mag.

»Die dunklen Farben passen doch gar nicht zu dir. Warum hast du nicht einen Zeh grün, einen blau angestrichen?«

Ich muss über das »Anstreichen« schmunzeln, verkneife mir aber einen Kommentar. »Dana hatte eben nur diesen Lack.« Ich wackle noch mal mit meinen Prachtzehen und schubse sie dann in die Stoffschuhe.

»Ich kauf dir einen Seefarbenen.«

»Du kaufst mir Nagellack?«

»Soll ich nicht?«

»Doch. Gerne. Mir hat nur noch nie jemand welchen geschenkt.« Nicht mal Mama – aber die benutzt selbst wenig Kosmetik.

Felix freut sich. »Das kann ich gleich heute machen. Vielleicht gibt's welchen hier im Laden.«

»Aber erst mal nur für die Fingernägel, ja? Ich kann Danas Lack nicht jetzt schon wieder entfernen, das wäre unfair.«

»Okay.« Er trinkt meinen vom Frühstück übrig gebliebenen Orangensaft in einem Rutsch aus. »Kann losgehen. Nehmen wir Zacki mit oder holen wir den später?«

»Später ist besser.«

»Hast recht. Erst mal zu Fuß zur Villa und danach baden.«

Solche »Sonderwünsche« führe ihr Laden nicht, teilt uns Karin gewohnt launisch mit. Besonders irritiert sie wohl, dass Felix nach dem Lack fragt. Mich wühlen mehr die Werbeplakate auf.

An der Tür, an der Theke – überall hängen sie: Nach dem »Sportereignis« am Donnerstag erwarte uns ein »Barbecue mit Livemusik«. Ich möchte meinen Wels weder in Limonendressing noch in Weißweinsud oder scharfer Salsasoße sehen. Ich möchte, dass er lebt. Und die preisen seinen Geschmack an, als läge er schon japsend vor ihnen.

»Ich will die Plakate abreißen«, flüstere ich Felix zu.

»Schwierig. Karin passt auf, als würd' sie Brillantringe verkaufen.«

»Du musst sie ablenken.«

»Gut ... ich frag nach grünem Lippenstift. Und nach Make-up für Jungs. Dann kippt sie aus ihren Badelatschen.«

Wir kichern.

»Aber mach dich meinetwegen nicht lächerlich. Das ist es nicht wert.«

»Ist es wohl.« Felix zupft an seinen Haaren. »Wie nennt man das Zeug, mit dem Frauen sich die Augen bemalen?«

Ich muss noch mehr kichern. »Wenigstens hast du nicht wieder anstreichen gesagt.«

»Leise! Sonst ist sie vorgewarnt. Ich warte, bis die Kunden raus sind.«

Karin fällt auf den Quatsch herein, obwohl doch jeder merken müsste, dass Felix sie auf den Arm nehmen will. Kaum hat er seine Bitte (fast ohne zu lachen) vorgetragen, stößt sie einen kleinen Schrei aus. So einen wie den spitzen Stein, den ich gerade im Schuh habe.

Im gleichen Moment reiße ich das Plakat von der Tür ab.

»Kann ich Sie bitte mal unter vier Augen in Ihrem Büro sprechen?«

»Ja, Felix, natürlich!«

Sie nimmt ihn mit und ich folge in gebückter Haltung, schleiche zur Theke. Hier hängen gleich zwei von den grausamen Ankündigungen.

»Was hast du auf dem Herzen?«, höre ich sie fragen. Und: »Du willst dich doch nicht im Ernst schminken, oder?«

Ich zerre an den Tesafilmstreifen, falte so leise wie möglich das erbeutete Papier.

»Ich wollte mich nur mal informieren, über die Farbplakate … ich meine, -plakette, äh … Farbpalette. Entschuldigung!«

Felix stolpert mir nach. Draußen holt er mich ein, presst die Hände vor den Mund, krümmt sich bei dem Versuch, den Lachanfall zurückzuhalten.

»Ganze Arbeit«, sage ich anerkennend, als wir wieder normal atmen können.

»Du auch.«

»Eins zu null für den Wels.« Ich stopfe das Papierknäuel in eine Mülltonne und schlage den Deckel zu.

Das nächste Plakat reißen wir unbemerkt im Freizeitraum herunter. Am Spielplatz findet sich eins an den Stamm der großen Linde gepinnt. Dessen Entfernung wird jedoch nicht ohne Aufsehen funktionieren, denn dort hat sich die gesamte Jugend des Feriendorfs eingefunden. Emma bestaunt ehrfürchtig Marcels Instrument, während Tim und Piet fordern, er solle den Spielplatz verlassen, der laut Schild »nur für Kinder bis 14 Jahre« ist.

Dana ereifert sich. »Er kann ja wohl auf dem Sandkastenrand sitzen und Musik machen! Er macht wenigstens nicht dauernd etwas kaputt wie ihr!«

»Lass uns verschwinden, Merle.«

Doch Dana sieht mich und zeigt fragend auf ihre Zehen.

»Du …« Ich stoße Felix an. »Hättest du sehr viel dagegen, wenn Dana mit zur Villa kommt?«

Felix' lautes Ausatmen ist Antwort genug.

»Wahrscheinlich hat sie ja eh keine Lust …«

»Und unser Wels? Was ist mit dem?«

»Meinst du, der zeigt sich nicht, wenn sie in der Nähe ist? Dana darf auch Seesheriff werden. Ich weiß nicht, was ihr gegen sie habt.«

Felix murrt etwas, das ich ignoriere. Ich laufe zu Dana hinüber, und sie umarmt mich, Schmatzer links, Schmatzer rechts.

»Und, Lissy, was sagt er?«

»Er ist beeindruckt, aber er findet Grün besser.«

»Echt? Das darf aber nie wie gelb aussehen. Sonst ist das sehr, sehr eklig.«

»Wovon redet ihr?«

Marcel! Ich hab nicht gemerkt, dass die Musik sich in Geklapper aufgelöst hat. Emma probiert jetzt das Hang.

»Mädchenkram«, antworte ich knapp. Nur nicht wieder rot werden. Einfach völlig vergessen, was die Steine auf der Liege erzählt haben.

»Ach so. Übrigens: Meine Leute sind heute ausgeflogen. Ich darf unser Motorboot leihen.« Marcel strahlt mich an.

Hinter ihm hebt Felix ungeduldig die Arme. Ich habe das Gefühl, als hätte ich den Mund voll Sand. Soo übel ist Marcel ja auch nicht.

»Lissy und ich machen auf jeden Fall was zusammen«, erklärt Dana.

»Okay. Hast du heute schon auf der Wiese gelegen, Lissy?«

»Äh … nein.«

»Wieso?«, will Dana wissen.

»Wahrscheinlich wegen der Maulwurfshügel«, erfinde ich und würde mich am liebsten in einem verkriechen.

»Häh?«, macht Dana.

Marcel versteht endlich, dass ich seine Botschaft keinesfalls erwähnt haben will. Er senkt den Kopf, sagt vertraulich: »Die angeln meine Leute aber nicht, keine Sorge.«

»Können wir langsam mal?« Felix rettet mich. Er kommt, Tim und Piet im Gefolge, ärgerlich durch den Sand gestapft. »Wir haben etwas Wichtiges zu erledigen.« Er greift nach meiner Hand.

Alle sehen es.

Ich halte den Atem an.

»Was habt ihr denn vor?«, fragt Marcel, den Blick auf meine Hand gerichtet.

»Geht dich das was an?! Tim und Piet haben recht: Du hast hier nichts zu suchen!«

»Oh Mann!« Dana verdreht die Augen. »Fang nicht auch noch mit dem Quatsch an!«

»Halt dich da raus, Dana! Man muss sich schon überlegen, ob man Seesheriff sein will oder nicht.«

»Alles klar, Alter!«, meint Marcel ironisch und zieht dann extrem cool eine Sonnenbrille aus der Brusttasche seines Polohemds. »Kinderspielplatz, hm? Windeln wechseln nicht vergessen, Sheriff.«

Felix wird rot wie eine Tomate. Seine Finger quetschen meine zusammen. Kontern kann er nicht.

Aber ich. Ich mach's nicht gern, aber für Felix muss ich es tun: »Da ist ja die blaue Sonnenbrille! Die lag auf dem Steg, als du Tim untergetaucht hast. Ich weiß jetzt, wer sie da liegen gelassen hat. Hab dir ja gleich gesagt, die kannst du nicht einfach behalten. Du musst sie leider zurückgeben.«

Marcel zuckt: Sein Hals beim Schlucken, sein Kinn, seine Augenbrauen, auch die Brille bewegt sich. Rot werden ist gar nicht mehr nötig.

»Bitte, da!« Er reißt sich die Brille vom Gesicht und drängt sie mir auf, so dass ich Felix' Hand loslassen muss. »Wem gehört sie denn?«

»Meinem Opa.« (Selbstverständlich nicht!)

»Deinem Opa!« Marcel bebt regelrecht. Sogar Dana weicht vor ihm zurück. Kurz fürchte ich, er könne auf mich oder Felix losgehen, doch er beherrscht sich.

»Und tschüss.« Schwerstbeleidigt geht er zu Emma, fordert barsch sein Hang zurück und verzieht sich ins Café.

Dana ist unschlüssig, ob sie ihm folgen soll, entscheidet sich aber dagegen. Und so machen wir uns schließlich in gleicher Formation wie gestern Abend auf den Weg zur Villa.

25

Diesmal – das wette ich – verscheuchen *wir* die Liebespaare. Allerdings sind wir eine so laute Gruppe, dass sich wahrscheinlich auch der Wels nicht blicken lassen wird. Auf dem Steg unter der Trauerweidenkuppel bitte ich alle kurz um Ruhe. Sechs Paar nackter Knie drücken sich auf das bemooste Holz, sechs Paar Augen spähen hinab.

Dort, wo der Steg mit der Uferlinie eine Art Hafen bildet, hat sich ein undurchdringlicher Teppich aus erbsengrünen Wasserlinsen gebildet. Wir warten auf den König des Waldsees. Jeden Moment wird er seine Nase aus dem Wasser schieben, die Barteln verziert mit Naturkonfetti, als käme er von einer Nixenhochzeit.

Emma und Piet flüstern. Die Wurzeln der Weide, raunt sie ihm zu, wänden sich nachts im Wasser hin und her. Er antwortet, die Weide sei ja auch tausend Jahre alt und in ihren hölzernen Armen schlafe der Wels wie in einer Wiege.

»Dann braucht er in drei Tagen ja nur herzuschwimmen«, sagt Dana praktisch und steht als Erste auf. »Aber schön ist es hier schon.« Sie zückt ihr Smartphone und macht ein Foto.

Auch die verlassene Villa hält, was sie verspricht. Wir Mädchen stromern durch den verwilderten Garten, steigen die breite, geschwungene Haupttreppe hinauf, fahren mit den Fingern über verwitterte Steinfiguren, stecken unsere Nasen in wilde Rosen. Piet und Tim haben sich die alte Wagenremise vorgenommen, in der Hoffnung, einen Oldtimer zu entdecken oder zumindest etwas Werkzeug, das sie für ihre Bikes brauchen können. Felix war eben noch bei uns. Er hat aber seit einer guten halben Stunde nicht mehr richtig mit mir gesprochen; eigentlich hat er, seit wir den Spielplatz verlassen haben, kaum etwas gesagt.

»Wenn wir uns gegenseitig Räuberleiter machen, können wir durch das offene Fenster hier ins Haus klettern«, schlägt Emma vor.

»Ich muss erst mal Felix suchen.«

»Der ist sicher auch in der Garage.« Dana schiebt mich sanft zu Emma hin, die gleich ergänzt: »Die Jungs kommen doch sowieso nach. Lass uns die Ersten sein, die das Haus von innen erkunden!«

»Du darfst auch anfangen, Lissy.« Dana stellt sich so, dass ich mich auf sie stützen kann. Emma verschränkt ihre kräftigen Finger zu einer Trittstufe. Ich werfe noch einen Blick über die Schulter, kann Felix aber nirgends entdecken.

»Trau dich«, fordert Dana.

Ich gebe mir einen Ruck und nutze die Kletterhilfe. Auf dem inneren Fensterbrett liegen Splitter der zerbrochenen Scheibe, aber mit etwas Geschick – ich bin ja erfahren im Abbruchhaus-Erkunden – schneide ich mich fast nicht. Nur ein kleiner Splitter bohrt sich in meinen Handballen, aber den ziehe ich heraus, sobald ich auf dem Boden stehe, und sauge an der Wunde. Anschließend winkle ich mein Bein an und fege mit der Schuhsohle die Scherben herunter. »Könnt nachkommen!«

Emma hilft Dana, ich ergreife ihre Hand. Emma selbst muss auf die Jungs warten oder sich ein Podest zum Klettern besorgen.

»Wow. Hier möchte ich wohnen, Lissy!«

»Ich auch.«

»Du dürftest meine Schwester sein, genug Platz hätten wir.«

»Schau mal, die Verzierungen unter der Decke. Wenn du da deine Totenkopflichterkette anbringen würdest?«

»Das würde ich hier ganz anders einrichten. Alles mit Gold!« Sie strahlt mich an. »Kann man aufsprühen. Und ich würde ...«, sie schreitet durchs Zimmer, als trüge sie einen Reifrock mit Schleppe, »mir ein Himmelbett kaufen.«

»Lissy? Dana?«

Dana hat das Zimmer bereits durch die Flügeltür verlassen.

Ich beuge mich rasch zu Emma hinunter. »Fünf Minuten!«

»So war das aber nicht ausgemacht. Allein wird's mir unheimlich.«

»Wir sind doch nur nebenan.«

Ich eile Dana hinterher. Die dreht eine langsame Pirouette im nächsten Raum, der locker ein Tanzsaal sein könnte. Leider hängen die Kronleuchter nicht mehr, dafür dringt von draußen die Sonne in geschwungenen goldenen Streifen durch die Fensterläden und malt ein flirrendes Muster auf den Parkettboden.

Dana spielt mal wieder Theater: »Hach, meine Stola ist mir von den Schultern geglitten …«

Ich stelle mir vor, ich trüge einen Hut mit Federn, zupfe in der Luft herum. »Wie steht mir meine Kopfbedeckung?«

»Allerliebst!« Dana schlägt geziert die Hände zusammen (»mit weißen Spitzenhandschuhen«). »Wir müssen gleich nachsehen, ob wir eine Kleiderkiste finden! Warte, erst ein Selfie, es ist gerade so geil hier.« Sie zieht mich an sich, wir lachen in die Handykamera.

»Das schicke ich Josh.«

»Was war denn jetzt eigentlich mit dem?«, frage ich vorsichtig, während sie tippend das Foto kommentiert.

»Ach!«

Sie will nicht drüber reden. Trotzdem bohre ich weiter: »Schickst du's auch an Melissa?«

Jetzt sieht sie mich an. »Weiß nicht. Mal denke ich, sie freut sich, mal, sie wird nur traurig. Willst du's auch an deine Freundin schicken? Hast du überhaupt eine beste Freundin?«

»Jein. Ich hatte. Chiara. Wohnte bei uns im Haus. Jetzt ziehe ich um.«

»Ja und?«

Ich pule etwas Putz aus der Wand neben uns. »Hast recht. Ein Umzug ist kein Drama. Ein Unfall ist schlimmer.«

Dana kaut auf ihrer Lippe. »Weißt du, was auch ätzend ist? Dass Josh … also, dass er jetzt was von mir will, jetzt auf einmal, nachdem Melissa … ich mein, ich freu mich ja, aber irgendwie …«

»… ist er ein Arsch.« Manchmal braucht es eben drastische Worte.

Sie stößt laut die Luft aus. »Scheint so. Aber ich steh auf die bösen Jungs.« Sie tänzelt wieder ein paar Schritte. »Marcel zum Beispiel. Der ist nicht so ein netter Bubi wie dein Felix, aber«, sie schnipst mit den Fingern, »er hat das gewisse Etwas, findest du nicht?«

Dazu sage ich lieber nichts.

»Was hat es eigentlich mit eurem komischen Fisch auf sich? Was soll das Getue um ein Vieh, dass man nie zu Gesicht bekommt? Ist doch kein Rusty, kein Haustier.«

»Er hat eine Geschichte. Ich fürchte, ich kann das nicht besser erklären. Das ist etwas, das man spüren muss.«

Dana lacht mitleidig. »Du bist hier auch gestrandet, Lissy! Das hab ich gleich gesehen.« Sie nimmt mir Marcels Sonnenbrille ab, die ich mir wie einen Reifen ins Haar gesteckt habe, und setzt sie sich auf. »Ich hab den Durchblick«, ulkt sie mit verstellter Stimme, »und jetzt seh ich alles blau, wie unter Wasser. Das erinnert mich an einen Song von den *Nachtschwalben*, warte, den spiel ich dir vor!«

In diesem Moment mag ich sie unglaublich gern.

26

Wir haben zum aktuellen Nummer-eins-Hit gewechselt und holen aus Danas Akku das Letzte heraus, als endlich die anderen eintrudeln: Emma, Piet, Tim …

»Wo ist Felix?«

»Der wollte wieder zum Steg runter. Alleine!«, sagt Piet und wirft mir einen bedeutungsvollen Blick zu.

Verstehe.

Felix denkt wohl, ich würde mich nicht genug um den Wels kümmern.

Ich verlasse die »Tanzfläche«, winke kurz.

»Gehst du schon?«, ruft Dana.

»Zu Felix.«

Sie zieht eine Grimasse.

Ich klettere aus dem Fenster, durchquere den Garten. Anfangs dringen die Musik und die Stimmen bis zu mir, dann umwuchert mich die Stille. Ich höre nur meine eigenen Schritte, das Zurückschnacken der Zweige, die ich zur Seite biege, den Warnruf eines Eichelhähers. Ich verstehe, dass Emma hier nicht allein bleiben wollte. An der Stelle, an der das Liebespärchen lag, bin ich besonders vorsichtig. Niemand ist da. Doch bevor ich den Trampelpfad betrete, blicke ich mich noch ein paarmal um.

Unter der Weide, da sitzt er. Die Turnschuhe hat er ausgezogen, seine Füße durchstreifen den Wasserlinsenteppich und ziehen freie, dunkelblaue Bahnen hinein. Kaum haben sich die Zehenspitzen ein paar Zentimeter entfernt, schwappt die Bahn wieder zu.

»Hallo.« Ich nähere mich zögernd, denn Felix wendet nicht den Kopf. »Ich hab auf dich gewartet in der Villa. Plötzlich warst du weg.«

Ein Achselzucken als Antwort. Wenn ich mich zu ihm setze, werden mir meine fliederfarbenen Shorts das nie vergessen. Dennoch tu ich's.

»War der Wels da?« Im Sitzen streife ich meine Schuhe ab und hänge meine Füße neben seine, wobei selbst meine Unterschenkel einen moosigen Schmier abbekommen. »Ob er da war?!« Meine Ferse titscht gegen seine.

»Hm-hm.«

»Man darf ihn nicht drängeln.« Und als Felix weiterhin schweigt, füge ich hinzu: »Er gehört uns eigentlich nicht, weißt du? Er ist unser Freund, aber er ist frei, er ist nicht unser Haustier.«

»Ich dachte, *wir* machen heute was zusammen! Ohne das ganze Volk. Wir waren noch nicht mal im Wasser!«

»Gut.« Ich ziehe mir das T-Shirt aus, den Badeanzug hab ich schon drunter. »Los, wir verstecken unsere Klamotten und schwimmen von hier zurück. Nur wir zwei. Danach schlagen wir uns bei Oma und Opa den Bauch voll. Vielleicht kommt uns unterwegs ja doch noch eine Idee, wie wir dem Wels helfen können.«

»Die hab ich längst.« Felix zieht die Beine an und verschränkt sie im Schneidersitz.

»Erzähl!«

»Nö.«

»Wenn der Wels beleidigt ist, will er auch niemanden sehen und hören. Dann bohrt er all seine Barteln tief in den Schlick und bleibt so lange drin stecken, bis die Würmer an ihnen knabbern.«

Felix streckt mir die Zunge raus. Ich klaube ihm das Grünzeug von den Füßen, so, dass es kitzelt.

»Du erzählst unseren Plan aber nicht Dana! Der traue ich nicht.«

Ich verstehe zwar nicht, warum, ich traue Dana durchaus, aber ich verspreche Stillschweigen.

Felix senkt die Stimme zu einem verschwörerischen Flüstern. »Die Idee kam mir, als ich eben in einen der Schuppen geschaut habe. Einen Moment dachte ich, da stünde ein Mörder mit einer Axt. Es waren natürlich nur alte Gartengeräte. Eine optische Täuschung also.« Felix sieht mich so triumphierend an, als müsste ich schon kapiert haben, worauf er hinauswill. »Wir lösen Krokodilalarm aus! Jeden Sommer werden doch angeblich irgendwelche Monsterviecher gesichtet: ausgesetzte oder entwischte Kaimane, Kobras, Schnappschildkröten – hört man immer wieder im Radio. Zu Gesicht bekommt sie aber kaum einer. Wir müssen also nur so tun, als ob da ein Krokodil wäre. Wir könnten Zacki verkleiden. Dann Fotos machen, Gerüchte streuen, Kinder erschrecken, die Presse täuschen … Wenn sich die Gemeindeverwaltung nicht sicher ist, ob's das Krokodil gibt, sperrt sie den See: Angeln verboten!«

»Du bist genial!«

»Endlich erkennst du das mal.«

Felix will nicht auf direktem Wege zurückschwimmen, sondern einen Umweg über die Pirateninsel machen und dort pausieren, obwohl wir dadurch fast die doppelte Strecke zurücklegen müssen.

Von der Insel aus haben wir einen guten Blick auf den Steg, den – unschwer zu erkennen – Marcel mit seinem Hang besetzt hat.

Immer mal wieder nähern sich ihm Leute und hören seiner Musik zu. Ein Ehepaar klatscht sogar Beifall. Das beendet Felix' Hochstimmung von unterwegs leider schnell wieder. »Ich hasse ihn«, knurrt er böse.

»Seine Familie ist das Problem«, versuche ich Felix zu beschwichtigen, »nicht er. Marcel angelt nicht.«

»Reicht doch wohl, dass er uns alle angreift!«

Ich beiße mir auf die Lippe.

Mir ist kühl, mein Magen meldet Bedarf an und die Verletzung an meiner Hand puckert. So gut es geht, lege ich mich im Schlingpflanzengestrüpp in die Sonne, die wegen des leichten Windes viel zu wenig wärmt.

»Magst du ihn?«, fragt Felix auf einmal fast ängstlich.

»Wen?«

»Du weißt, wen ich meine!«

Ich betrachte meinen mit Gänsehaut bedeckten Körper. »Nein. Aber ich *hasse* ihn auch nicht.«

Felix steht abrupt auf, wischt sich mit dem Arm übers Gesicht.

Ich strecke ihm die Hand hin, lasse mich hochziehen. Wir kippeln und halten uns aneinander fest.

»Na los!«, sage ich.

Im Gleichklang schwimmen wir nebeneinanderher.

Sobald wir uns dem Ufer nähern, stoppt Marcel seine Vorführung. Mit großen Schritten entfernt er sich vom Steg. Unsere Liegen unter dem Baum sind verwaist. Kann sein, dass auf der einen wieder Steine liegen, aber ich schaue nicht näher hin. Schnurstracks gehen wir den Hügel hinauf.

Vor dem Heckentor bleibt Felix stehen. »Ich muss nach Hause, mich umziehen.«

»Danach kommst du aber zu uns!« Felix sieht mich zweifelnd an. »Wir haben große Pläne, vergiss das nicht!«

»Ja ...« Dann wird seine Stimme unerwartet hart: »Ist das alles nicht kindischer Quatsch? Während Marcel für seinen coolen Auftritt probt?«

Ich schweige.

Felix auch. Alle guten Worte sind fort.

Opa, der gerade den Müll wegbringen will, rettet uns. »Felix, gut, dass ich dich sehe! Mein PC spinnt mal wieder. Könntest du einen deiner fachkundigen Blicke darauf werfen?«

Kurze Zeit später fachsimpeln Opa und Felix vor dem Bildschirm. Oma schmiert uns »Bütterken«, die Felix partout »Stullen« nennt, woraufhin Oma behauptet, »Stullen«

schmeckten ihr zu lasch und »Schnittchen« gäb's bei ihr schon gar nicht, die seien ihr zu vornehm.

Ich hole Zacki aus dem Schuppen und bereite ihm ein Plätzchen auf der Veranda. »Krokodile fressen alles: Butterbrot plus Hand. Übrigens werden wir bald ein echtes Reptil hier haben ... Opa, könntest du uns in die Stadt fahren? Wir müssen etwas besorgen.«

Opa nickt.

Felix leckt sich Streichkäse von der Lippe. »Wir machen's?«, fragt er. »Wirklich?«

Ich kneife die Augen zusammen und sehe ihn fest an. »Selbstverständlich.«

Da springt Felix auf und ruft wie am ersten Tag: »Uuuuund: hepp!«

27

Es ist sieben Uhr früh und der Wald kühl, still und dunstig, als würden die Bäume einfach in aller Ruhe vor sich hin atmen. Felix' Vorhänge sind zugezogen, vor meinem Fenster hängen Tautropfen im Spinnennetz. Oma und Opa rekeln sich faul in den Federn und müssen mit Nachdruck geweckt werden. »Zu kalt«, finde ich, ist kein Argument. Bisher waren wir jeden Morgen schwimmen, und so soll es auch bleiben, wenn es nach mir geht.

Unser Welssee: das glatte, unbewegte Wasser zwischen seinen buschigen Ufern mit ihren weichen, gebückten Weiden und den von Weitem winkenden Pappeln. Er hat etwas wohltuend Beschütztes.

Das Meer dagegen dehnt sich grenzenlos, verweigert jeden Halt, jede Orientierung. Am Strand riecht es immer schon so gereizt, es kribbelt unter den Füßen, strömt im Untergrund, flutet, brüllt und rauscht; dazu schreien die Möwen, grellweiß im aufbrandenden Licht, während hier, im grünen Dämmer des Schilfs, die Stockenten gründeln. Das Wasser hat die Farbe des Erpelköpfchens, genau wie die Libelle; wenn ich auf dem Rücken schwimme und die glänzenden Wassertropfen verfolge, die ich hochwirble, haben sie genau die Farbe ihrer Flügel.

Der Vormittag steht – ebenso wie der gestrige Einkaufsnachmittag – im Zeichen fröhlicher Geschäftigkeit. Piet und Tim, die wir eingeweiht haben, decken den Tisch auf der Veranda mit alten Zeitungen ab und legen Zacki obenauf. Das Loch in seinem Bein ist geflickt, wird aber wohl für ein wenig Schlagseite sorgen. Wir pumpen ihn nicht so prall auf wie sonst, in der Hoffnung, so werde er auf den kommenden Schleichfahrten natürlicher wirken.

Sorgfältig bemalt Felix den quietschgrünen Körper mit wasserfesten Schlammfarben – ein Teil ist ja schon seit dem Unfall im Schuppen getarnt. Piet schnitzt Klauen aus einem alten Fahrradschlauch. Oma, Tim und ich motzen Rücken, Schwanz und Schnauze mit Pappmaschee auf.

Obwohl nun viele Menschen auf der kleinen Veranda beschäftigt sind, gibt es stille Momente, in denen ich nur Opas Zeitungsrascheln, Tims Rühren im Kleistertopf oder die Meisen in den Bäumen höre. Die Sonne dringt mehr und mehr durch die Zweige, der Tag wird wieder warm werden.

»Ich habe lange nicht mehr gebastelt«, sagt Oma, »hoffentlich hält das, was wir hier fabrizieren. Nicht dass der Gute im Wasser seine Zacken verliert.«

»Oder ihm die Zähne ausfallen! Ein Happs und – hoppla …« Tim wedelt mit der feuchten Zeitung.

»Hee«, beschwert sich Opa, »jetzt hab ich Kleister im Kaffee! Dabei wirkte euer Zacki bisher immer so harmlos.«

»Warten Sie ab, Herr Kuchendorf«, sagt Piet begeistert, »bis wir seine Kulleraugen zu gelben Reptilienschlitzen verengen! Dann kriegt er was richtig Fieses.«

»Das passt aber nicht zu Zacki«, wende ich wehmütig ein. Auf der einen Seite finde ich es wirklich toll, wie alle bei der Sache sind, zum anderen verliert mein alter Freund bei jeder Veränderung seinen vertrauten Charakter. Eine Drachenbootfahrt auf seinem Rücken werden Felix und ich nun nicht mehr machen können. »Ich erkenne Zacki bald gar nicht mehr«, maule ich.

»Wichtig ist, dass der Wels überlebt«, entscheidet Piet.

Opa nickt gedankenverloren. Fast für sich erzählt er: »Dem hab ich auch mal die Barteln lang gezogen. Eines Sommers kam ich her und mit dem Wels war nichts los. Der See schillerte in den herrlichsten Farben – er sah es nicht. Das Wasser war warm, was Welse eigentlich gern mögen – er spürte es nicht. Unzählige Schwalben zwitscherten über der Oberfläche – er verschlief den Sommer. Ich tauchte jeden Tag zu ihm und meinem Fahrrad hinunter und betätigte die Luftpumpe, denn das gefiel ihm.«

»Geht das unter Wasser?«, fragt Tim und winkt im nächsten Moment ab. »Ist auch egal. Kann ich demnächst mal ausprobieren. Erzählen Sie weiter, Herr Kuchendorf!«

»Lach mal wieder, König Wels!, bat ich und versuchte vorsichtig, die Barteln nach oben zu biegen. Er zuckte, und es fehlte nicht viel und die Tränen wären gekullert. Aber ein Wels weint natürlich nicht.«

»Ist ja auch ein Männchen.«

»Jungs dürfen auch mal weinen, Piet!«, kontert Felix.

»Dürfen sie, aber nur, wenn sie ernsthaft verliebt sind.«

»Hier sind neuerdings so einige Leute verliebt«, behauptet Tim.

Piet verzieht das Gesicht. Felix blickt höchst konzentriert auf die Klauen, an denen er gerade arbeitet.

Ich sage nichts, und Piet kommentiert: »Ja, da grinst sie, die Merle Honigkuchendorf!«

»Bestimmt war die Freundin vom Wels verschwunden«, sagt Tim nach einer Pause, »deshalb war er so traurig.«

»Genau.« Opa hat nachgedacht, jetzt nickt er. »Sie wurde entführt.«

In dem Moment höre ich Dana rufen. Ich springe hastig auf und laufe ihr entgegen. Sie ist bereits durch das Heckentor getreten, steht unschlüssig auf der Wiese. Zum Glück so weit entfernt, dass sie die Veranda nicht einsehen kann.

»Morgen«, grüßt sie, obwohl's weit nach zwölf ist. »Ich dachte, ich schau mal, ob du schon wach bist.«

»Gute Idee.« Felix zuliebe habe ich Dana nichts von unserem Plan erzählt, obwohl ich es nicht gern getan habe. Damit sie mir meine Nervosität nicht anmerkt, umarme ich sie und lotse sie gleichzeitig zurück zum Zaun. »Ich freu mich, dich zu sehen, aber …«

»… nicht jetzt?« Dana seufzt.

»Es tut mir leid, dass du dir gestern Sorgen gemacht hast.«

Sie schneidet eine Grimasse. »Das war ja auch ein bisschen spooky da draußen. Außerdem passt man auf seine Freundin auf.«

Ich nicke beschämt, aber Dana winkt ab.

»Kommen wir zu den wichtigen Sachen. Du hast also Besuch.« Sie mustert mich grinsend. »Zerwühltes Haar, zerknittertes Shirt, rote Bäckchen: Felix, stimmt's?«

»Ja … tut mir wirklich leid, aber jetzt gerade …«

»… sind deine Großeltern nicht da?«

»Ja.«

»Du wirst es nicht glauben«, sagt Dana, und ihre Augen glitzern, »aber ich bin Marcel auch nähergekommen. Emma und ich haben uns nämlich gestern Abend das Länderspiel angesehen. Die hatten eine Riesenleinwand vor dem Café aufgebaut.«

»Fußball interessiert mich so gar nicht.«

»Glaubst du etwa, mich?«

Ich lache, stupse sie freundschaftlich an. Sie öffnet eine Tüte Bonbons, reicht sie mir. »Iiieh, was hast du denn für dreckige Finger?«

»Das ist Klebstoff … Wir machen was zusammen.«

»Kleben?«

Ich würd's ihr so gern verraten, aber ich habe Felix mein Ehrenwort gegeben.

»Jedenfalls hat Marcel während der ersten Halbzeit neben mir auf der Bank gesessen. Zur Pause sind alle Leute aufgestanden, nur ich nicht, obwohl ich unglaublich dringend zum Klo musste. Aber ich konnte doch nicht riskieren, dass sich jemand anders auf meinen Platz setzt, nachdem so ein paar neue Tussis angekommen sind! Die haben gleich ein Auge auf Marcel geworfen, da wett ich für. Ich bleib also sitzen am Ende so einer einfachen Klappbank. Marcel steht plötzlich auf und wie bei einer Wippe schnackt das andere Ende hoch. Ich stürze halb runter und die dämlichen Tussis lachen mich aus.«

»Du Arme!«

»Aber er hat mir aufgeholfen. Und mir eine Cola spendiert!«

»Na dann!« Ich lache und freue mich mit ihr.

»Die Cola konnte ich bloß nicht genießen, weil ich mir fast in die Hose gemacht habe.«

Jetzt biegen wir uns beide vor Lachen. Von der Veranda höre ich unterdrückte Geräusche – hoffentlich hören sie da nicht alles mit. Dana würde sich sehr verraten fühlen. Besser, ich werde sie bald los.

»Du musst jetzt aber gehen, ja? Ich komme später bei dir vorbei.«

»Was macht ihr, du und Felix?« Sie zeigt auf die Kleisterflecken auf meinem Shirt. »Wie du aussiehst! Überall diese weißen Flecken – man könnte Schlimmes von dir denken.«

»Wir basteln, Dana!«

»Was denn?«

»... an unserer Beziehung.«

Dana tippt sich an die Stirn. »Lissy, du bist echt 'ne Kanone!« Sie gibt mir schmatzende Abschiedsküsschen. Richtung Hexenhäuschen ruft sie: »Tschüss, Felix! Bleib sauber!«

Auf der Veranda sitzen nur noch die Jungs, als ich zurückkomme. Oma und Opa haben sich ins Haus verzogen.

Felix guckt böse.

»Dana ist verrückt! Was glaubt die denn?«

Werde ich je wieder mit Pappmaschee basteln können, ohne an diesen Bockmist zu denken?

»Ist doch wurscht«, meint Piet gelassen. »Hauptsache, sie gefährdet unseren Plan nicht.«

»Scheibenkleister!«, sagt Felix.

Und alle am Tisch müssen lachen.

28

Eine halbe Stunde später ist das Krokodil fertig. Opa macht Fotos von uns und unserem Kunstwerk und schließt den Schuppen ab, in dem Zacki trocknen soll. Oma bietet sich netterweise an, die Unordnung allein aufzuräumen, und schickt uns zum Schwimmen. Zu viert rennen wir den Hügel hinunter. Die Sonne brennt. Die Jungs brüllen um die Wette, welcher Teil vom neuen Zacki am besten gelungen ist. Auf der Wiese stoppen wir.

Dort, wo wir immer ins Wasser gehen, haben sich Marcel und die Jugendlichen ausgebreitet. Die »neuen Tussis«, von denen Dana gesprochen hat, sind auch da. Marcel hämmert für sie auf sein Hang ein, sieht uns nicht gleich. Luca und der andere ältere Junge spielen Fußball, haben mit Plastikflaschen und Rucksäcken Tore abgesteckt.

»He! Du hast doch bestimmt die Plakate abgerissen!«, ruft Luca zur Begrüßung und schießt den Ball mit Schmackes in meine Richtung.

Zielgenau fliegt er auf meinen Kopf zu. Bevor ich ausweichen kann, springt Felix blitzschnell vor und fängt ihn auf.

»Danke«, murmele ich erschrocken. Hätte der Ball mich getroffen, hätte ich jetzt eine Gehirnerschütterung.

Kurz klingen Marcels Töne nach, dann: Stille.

»Ich will nicht ins Wasser«, flüstert Tim.

»Wir lassen uns nicht von denen einschüchtern«, beschwört ihn Piet.

»Freunde: zusammenbleiben. Zum See!«, befiehlt Felix und macht einen Schritt vor. Den Ball hält er mit beiden Händen fest.

»Hey, her damit!«, ruft Luca. »Denk nicht, du kannst den behalten!«

»Und denk du nicht, dass du uns einfach abschießen kannst. Das hier ist unser Platz.« Felix rennt, dreht sich kurz vor der Wasserlinie plötzlich um und wemmst den Ball kräftig zurück.

Damit hat Luca nicht gerechnet. Der Leuchtturm bekommt eine saftige Ohrfeige vom Ball. Stöhnend und fluchend hält er sich die Wange.

Das mobilisiert seine Leute. Doch sie bekommen keinen von uns zu fassen.

»Die kriegen uns nicht!«

»Wenn sie uns döppen, döppen wir zurück!«

»Notfalls schwimmen wir bis zur Pirateninsel!«

Das Wasser ist aufgewühlt von strampelnden Armen und Beinen. Das macht Spaß, uns und dem Wels, der von weit unten still heraufschielt und die beschützt, die seine Freunde sind.

»Ich bin fix und foxi und hungrig wie ein Walfisch«, verkünde ich zu Hause. Ich häufe Pellkartoffeln mit Quark auf meinen Teller und erzähle Oma und Opa vom Baden. Die Jugendlichen haben uns weder ins Wasser verfolgt (hatten gar keine Badesachen dabei), noch großartig beachtet, als wir an einer anderen Stelle wieder an Land gegangen sind.

Niemand ahnt, dass wir ein Krokodil gebastelt haben. Auch Dana nicht. »Mit den Flecken hab ich mich aber blamiert.«

Opa schüttelt den Kopf. »Glaube ich nicht. Jeder sieht in einem seltsamen weißen Fleck, was er eben sehen möchte.«

»Quark.«

»Bitte?«

»Auf deiner Hose.«

Er will den Klecks einfach mit dem Finger verreiben, aber Oma ist schneller und tupft mit der Serviette. »So macht man das. Und jetzt quasselt nicht so viel, sondern esst!«

Bevor ich wieder aufbreche, besuche ich Zacki, blicke durch das mit Spinnweben verhangene Fenster zu ihm hinein, klopfe, frage: »Geht's dir gut?« (hört mich ja keiner), und bilde mir ein, er zwinkere mir mit seinen jetzt echsenhaft blitzenden, aber weiterhin freundlichen Augen zu.

Dann hüpfe ich hinüber zu Felix. Bei Hahns werden gerade mal wieder Hühnchen gerupft. Frau Hahns Empörung kann ich bis auf den Hof hinaus hören. So viel verstehe ich, dass einer ihrer »schrecklich schusseligen Söhne seine Drecksocken auf der Küchenanrichte und dabei halb auf dem Herd« abgelegt hat und dieser »Schmaldenker« nicht gemerkt hat, dass eine Platte noch an war.

Ich bin schon am großen Esstisch auf der Veranda angelangt und bleibe dort verunsichert stehen. Nicht dass Frau Hahn gleich mit Geschirr um sich wirft oder ihren Ärger sogar an mir auslässt! Ihre Söhne haben sich nämlich alle verdrückt. Nur Wimpy sitzt auf dem niedrigen Dach und blinzelt in die Sonne.

Auf einmal höre ich jemanden leise pfeifen. Ich sehe mich um. Die Hängematte ist leer, aber dahinter im Wäldchen winkt eine Hand aus dem Schatten. So heimlich wie möglich laufe ich hinüber, wobei der Kies allerdings unter meinen Stoffschuhen knirscht.

Zwei Hahn-Brüder hocken auf einer morschen Holzbank unter einem wild wuchernden Laubenbogen und löffeln gemeinsam einen Becher Schokojoghurt.

»Stück mal ’n Rück«, sagt Felix und schiebt Christoph zur Seite, sodass ich noch dazupasse.

Christoph hält mir den gut gefüllten Plastiklöffel hin, aber ich schüttle den Kopf. »Mokkasahne, mmmh! Nicht? Auch gut.« Der Joghurt verschwindet in seinem Mund. »Mama muss immer motzen«, mümmelt er, »dabei holt Aziz ihr gerade extra Zigaretten, und die Socken sind unter Garantie von Papa. – Und, was habt ihr jetzt vor?«

»Abhauen.«

»Ja? Ich dachte, ich lasse euch hier allein, unter unserm Liebesbogen.« Christoph steht auf und deutet über sich. »Im Frühling hängen hier nämlich lauter lila duftende Büschel runter, da werden die Mädels reihenweise schwach. – Ach, hi, Mama!«

»Glyzinien heißen die Büschel, mein Sohn.«

»Nitroglyzerin?«

»Kannst du auch haben.« Sie presst die rot geschminkten Lippen zusammen und zischt: »Das war *mein* Nachtisch.«

»Felix hat ihn gegessen!«

»Nur den letzten Rest! Christoph hat ihn aus dem Kühlschrank genommen.«

Frau Hahn verdreht explosiv die Augen, dann wird sie überraschend sanft und lacht mit ihrer tiefen Stimme. »Nun macht Platz, aber schnell! Ich will hier in Ruhe eine rauchen und von den guten alten Zeiten träumen, in denen ich mich noch nicht über euch ärgern musste. Also, Merle Kuchendorf, du weißt, worauf du dich einlässt, wenn du mit dem Knirps gehst!«

Ich weiß vor allem, dass ich's vermisst habe, mit Felix allein zu sein. Endlich können wir zwei wieder zu einer Erkundung aufbrechen. Ziel: einfach drauflos. Ins Blaue hinein. Wir hopsen und hüpfen in den Wald, in dem uns das Sonnenlicht fröhlich mit Kreisen betupft. Felix sagt, er würde mir einen Strauß von dem leuchtend roten Fingerhut pflücken, wenn er nicht wüsste, dass er giftig wäre.

»Wir haben Fingerhut trotzdem im Garten«, antworte ich und meine den Hexenhausgarten.

»Wir auch. Aber weißt du, was sich die Welse schenken?«

Ich schüttle den Kopf.

»Seerosen!«

Er läuft ein paar Schritte, ich bleibe stehen, lehne mich an einen Baumstamm mit knorriger Rinde.

»Ich hab's. Mach die Augen zu!«

Eine Winzigkeit streichelt meinen Nasenflügel.

»Rate, was es ist! Ein Tipp: Es ist hellblau.«

»Vergissmeinnicht?«

»Vergessen werd ich dich niemals, Merle Kuchendorf, genauso wenig wie den Wels. Aber, nein, es ist keine Blume. Es ist …«

Eine Eichelhäherfeder.

29

Heute Abend ist die Veranda voll besetzt, denn wir haben auch Christoph und Aziz in unseren Plan eingeweiht, und sie sind neugierig auf einen Geschichtenabend. Tim und Piet gehören eh schon zur Familie. Es gibt Nudelsalat, Couscous, Erdnüsse und Waffeln, außerdem Tee, Traubensaft, Wein und einen Vitamintabletten-Sprudel, der aufdringlich nach Apotheke riecht und für Opa ist. Er kombiniert ihn mit Rotwein und Tee.

»Na, hoffentlich gefällt's euch.« Opa trinkt einen Schluck aus dem leise zischelnden Brausewasser, dann schüttet er schnell Rotwein hinterher. »So viele Zuhörer bin ich nicht gewohnt.«

»Alle wollen eben wissen, ob du die entführte Freundin vom Wels retten konntest«, sagt Felix.

»Ich tat mein Bestes«, antwortet Opa. »Ich barg mein Rad vom Grund des Sees und riet Günther, die Störche auszusenden, damit sie aus der Luft nach ihr Ausschau hielten.«

»Wie hieß die Freundin?«, fragt Aziz.

Opa zieht etwas ratlos die Augenbrauen hoch.

»Das soll ein Geheimnis sein«, erklärt Felix.

»Aber sie braucht einen Namen. Wie wäre es mit Scheherazade?«

»Ja, sie war eine Prinzessin«, sagt Opa, froh, einen Miterzähler zu haben. »Ihre Vorfahren kamen von weit her, deswegen waren ihre Zarteln – so heißen die Barteln der Weibchen – auch dunkler als Günthers. Ihre Flossen waren aus feinstem Purpur mit ein paar Pünktchen Perlmutt.«

»Scheh, die Schöne«, grinst Aziz. »Was hast du getan, um sie zu finden?«

»Ich folgte den Störchen, die mich zu einem einsamen Haus an einem kleinen Weiher führten. Goldrichtig, dachte ich, als ich Fischernetze, Blechwannen und einen Laster sah. Ich versteckte mein Rad hinter einem Baum und gab den Störchen ein Zeichen, sich zurückzuziehen.«

»Aber sie blieben doch bestimmt in der Nähe, um auf dich achtzugeben?«

»Ja, und das war auch dringend nötig, denn ein schmuddeliger Mann mit Filzhut trug Wassereimer aus dem Laster und kippte unzählige Fische in die Wannen. Als er zurück zum Wagen ging, rannte ich zu den Behältern, konnte Scheh jedoch zwischen den verzweifelt zappelnden Leibern nicht entdecken. Währenddessen redete der Mann laut mit sich selbst. So verstand ich immerhin, was hinter der Entführung steckte: Seinem Boss war wohl beim Tauchen Günthers Diamantenbartel aufgefallen. Auf unseren Wels hatten es die Gauner also eigentlich abgesehen! Der Filzhut-Mann glaubte nicht an Diamantenfische, schimpfte, sein Boss hätte sich den Verstand versoffen.«

»Woher hatte der Wels denn eine Diamantenbartel?« Christoph holt einen Joint aus der Tasche und schaut fragend auf. »Dürfen wir?«

»Also nein! Doch wohl nicht vor den Kindern«, empört sich Oma.

»Dichter brauchen eben Inspiration«, behauptet Piet wieder mal. Opa nickt gutmütig und Piet plappert gleich weiter: »Der Wels hat irgendwas ganz Kostbares berührt, einen versunkenen Schatz oder …«

»Schehs Zarteln«, fällt ihm Felix ins Wort.

»Genau so ist es gewesen«, sagt Opa, und beide Jungen grinsen. »Zurück zu Scheh. Sie hatte bereits Freunde gefunden – mit ihr waren Aale, Karpfen und Hechte in der Wanne gelandet, kräftige Kerle, die aus ihren Leibern ein Katapult formten. Damit schleuderten sie Scheh und den längsten und muskulösesten Aal in die Luft. Der Aal hielt Scheh fest umklammert. Erst auf dem höchsten Punkt ihres Flugs entrollte er sich wie ein Lasso und gab ihr so Schwung für das letzte Stück zum rettenden Weiher.«

Aziz lacht. »Gefällt mir.«

»Gut. Du bist dran, mein Freund!«

Aziz nickt. »Ich ahnte natürlich nichts von ihrer Flucht. Ich schaute mich auf dem Grundstück um und geriet dabei selbst in Gefahr. Der Mann erwischte mich und packte mich so fest am Ohr, dass ich vor Schmerz aufschrie. Der Kerl knurrte wie ein Wolf und roch wie ein Wildschwein. Er hatte ein Jagdgewehr, der meinte es ernst …«

Kurz unterbricht Aziz seine Erzählung, schon übernimmt Tim: »Er wollte, dass ich für ihn arbeite. Der Typ ließ mich die Eimer schleppen, während er sich selbst einen Fisch nach dem anderen grillte.«

»So ist es, Timmi!« Aziz schnipst mit den Fingern, verstellt seine Stimme: »Und wenn du nicht spurst, Junge, setz ich dir meinen fettigen Filzhut auf!«

Wir ekeln uns lautstark, nur Opa hebt den Daumen: »Gefällt mir!«

Lange sitzen wir noch zusammen und spinnen die Geschichte weiter, denn heute Abend gehört sie uns allen. Die Idee, dass die Störche die übrigen Fische vorsichtig im Schnabel aus den Wannen heben und in den Weiher tragen, kommt von mir. Piet erzählt, wie er den Gauner ablenkt, ins Führerhäuschen des Lasters kriecht und diesen startet. Der Wagen holpert über Gräben und Sprungschanzen, bis Opa wieder die Regie übernimmt und mit uns in die Tiefe des Sees hinabtaucht zu einer stillen Beratung mit dem Wels.

Der schönste Beitrag des Abends stammt von Felix: »Der Wels ließ sich in einen Wasserbehälter setzen und von Paul auf dem wackligen Gepäckträger zum Weiher radeln. So gelangten er und Scheh auch wieder zurück. Das war überhaupt kein Risiko. Auf seinen Freund konnte er sich verlassen.«

In der Nacht regnet es. Das Prasseln auf den Dachschrägen direkt über mir ist laut, gibt mir aber ein wohliges Gefühl. Ich schleiche mich nach unten, trinke ein Glas Saft und lausche dem beruhigenden Schnarchen aus dem Schlafzimmer meiner Großeltern. Sie schnorcheln, schnaufen und schmatzen im Gleichklang vor sich hin. Vermutlich träumen sie auch zur selben Zeit. Ich krieche wieder unter meine Decke, kuschele mich zusammen und wünsche mir, diese Ferien würden nie enden.

30

Am Morgen hat der Niederschlag aufgehört, aber Wege und Wiese sind noch nass. Die Feuchtigkeit der Nacht liegt als Nebelband über dem kühlen Wasser. Das Schwimmen fällt diesmal kurz aus, denn schon um sieben erwarten wir Felix. Während wir ein paar Züge zum Wachwerden machen, lösen die Schwäne sich aus dem Schleier wie geheimnisvolle Schiffe, gleiten vorbei und sind verschwunden.

»Schlechte Voraussetzungen für ein Angelfest ...« Ich drehe mich zu meinen Großeltern um. Sie halten sich an den Händen und – es ist schon in Ordnung – hören mir nicht zu.

»Was die für ein Brimborium machen!«, beendet Felix wenig später seinen Lagebericht. »Ich hab gehört, bevor die Band auftritt, darf Marcel mit seinem Hang auf die Bühne.«

»Na super!« Wütend schlage ich mit der Hand auf den Tisch. Opas Saftglas kippelt, und aus Omas Becher schwappt Kaffee, aber keinen von beiden stört es.

»Zumindest können wir uns auf unsere Leute verlassen«, seufzt Felix. »Es ist alles vorbereitet. Gleich werden die Zwillinge auftauchen. Wollen wir Zacki Glück wünschen?« Er sieht mich auffordernd an.

Opa gibt mir den Schlüssel für den Schuppen.

Als ich aufschließe, steht Felix dicht hinter mir, und auch, als wir drin sind, ist er nah. Die Tür geht zu.

Zacki scheint den Raum in Besitz genommen zu haben. Er wirkt ausgeruht, selbstbewusst und stark, ein wenig so, als wäre er in den letzten Stunden erwachsen geworden.

Ich spüre Felix' Atem.

»Merle-Luise.« Das ist das Beste, was er jetzt sagen kann. »Ich hab überall Gänsehaut.«

Das wiederum wundert mich. »Warum? Gruselst du dich vor Zacki? Ist er so überzeugend?«

»Auch. Aber du bist da, das reicht völlig.«

»Ich bin doch nicht gruselig!«

»Manchmal schon.« So wie er mich ansieht, weiß ich, dass ich das als Kompliment verstehen muss, so verdreht sich das auch anhören mag.

Er macht einen Schritt weg von mir. »Ich würde jetzt gern mit dir und dem alten Zacki einfach nur planschen gehen. Geht das noch?«, fragt er leise.

»Was mich betrifft, auf jeden Fall. Nur Zacki entwickelt, glaub ich, gerade ein Eigenleben.«

Felix lacht und flieht aus der Hütte, denn draußen sind die Stimmen der Prittstifte zu hören.

Wir hüllen Zacki in eine Decke und fahren ihn in einem Einkaufswagen auf Schleichwegen zum See. Tim und Piet sausen mit ihren Mountainbikes voraus, sichern die Strecke und sorgen dafür, dass wir niemandem begegnen.

Bei der Holzbrücke im Naturschutzgebiet, wo ein schmales Flüsschen in den See mündet und das Schilf dicht und hoch wie ein Kornfeld wächst, erwarten uns Christoph und Aziz. Beide sind bestens vorbereitet: Aziz trägt einen olivfarbenen Tarnanzug und lange grüne Handschuhe, Christoph hat seine Fotoausrüstung mit Stativ dabei. Auf der Suche nach dem besten Ort für das Shooting sind sie bereits eine Weile durch den Matsch gewatet und haben schlammbespritzte Beine – genau der Look, von dem wir hoffen, dass Zacki ihn auch gleich haben wird. Das wird der Aufnahme die perfekte Natürlichkeit geben.

Wieder muss Wache gehalten werden, niemand darf Zacki vorzeitig zu Gesicht bekommen. Wir verteilen uns: Piet und Tim kontrollieren den Pfad, einer links, einer rechts der Brücke. Felix sichert das Flüsschen, über das manchmal Paddler in den See gelangen. Und ich bekomme die Wasserseite zugeteilt.

Zacki verschwindet mit Christoph und Aziz im Dschungel. Kurz sehe ich noch seine obersten Zacken, dann winkt seine Schwanzspitze – fort ist er.

Ich taste mich durch die Algenwiese. Das flache Wasser ist warm wie ein Planschbecken, dabei tragen einige der Ufersträucher schon rote Früchte und einen ersten Hauch von Rost und Gold. Die Frösche quaken wie die Weltmeister. Libellen sitzen auf den obersten Enden der aus dem Wasser ragenden Halme, auch ein gelber Schmetterling ruht sich dort aus. Ich denke an die Freundschaft vom Wels mit dem Nachtpfauenauge und wünsche mir, der Zitronenfalter möge gleich zu Zacki fliegen und ihm ins Ohr flüstern, was es alles noch zu entdecken gibt. Vielleicht müssen wir einfach alle ab und an mal den See wechseln …

Ein Pfiff! Das Alarmsignal der Zwillinge.

Ich haste aus dem Dschungel ins Tiefe, recke den Hals, versuche zu erkennen, von wo Gefahr droht.

Jemand ist auf dem Uferweg in Richtung Brücke unterwegs; bunt scheint Kleidung zwischen den Blättern auf. Ich tauche so schnell wie möglich hin, komme immer nur kurz hoch, um Luft zu holen, und erschrecke mich daher vor dem Stock, der plötzlich vor mir im Wasser aufschlägt. Gleich darauf paddelt ein Hund auf mich zu: Danas Rusty. Ausgerechnet!

»Dana, hallo!« Ich mache ein paar letzte Züge. »Hier! Ich bin's!«

Sie zwängt sich neugierig durchs Gebüsch, rutscht im Matsch aus und ärgert sich, weil sie sich fast auf den Po setzt. Rusty will ihr das Stöckchen andrehen. Als sie's nicht nimmt, sondern den Schaden an ihren ehemals weißen Ballerinas begutachtet, schüttelt er sich das Wasser aus dem Fell, sodass sie noch mehr Schmutzspritzer abbekommt.

»Hör auf, aus! Mensch, nur deinetwegen, Lissy. Sieh dir meine Schuhe an!«

Ich wate aus dem Wasser, keuchend, weil ich mich so beeilt habe. »Ich würd dir ja ein Taschentuch geben, aber …« Meine Hände fahren den Badeanzug entlang.

»Du hast doch nie eins dabei – du Fischfrau!«

Ich lache erleichtert, weil sie's freundlich sagt. Fast wie an dem Tag, als sie mir anbot, ihre Schwester in der alten Villa zu sein. Das war erst vorgestern.

»Tut mir leid, dass ich gestern nicht mehr vorbeigekommen bin«, sage ich. »Wollen wir uns nicht im Café ein Schokohörnchen holen? Ich lad dich ein.«

Dana sieht mich argwöhnisch an – dabei meine ich mein Bedauern wirklich ernst.

Rusty will Beachtung. Mechanisch nimmt Dana den Stock und schleudert ihn in den See. »Warum ausgerechnet jetzt, Lissy?«

»Wieso nicht?«

»Du hättest gestern den ganzen Tag über Zeit gehabt. An der Villa bist du einfach abgehauen. Jetzt schießt du plötzlich aus dem Wasser wie das Ungeheuer von Loch Ness, willst mich einladen und hast doch gar kein Geld dabei. Du sagst, du interessierst dich nicht für Marcel, und«, sie senkt die Stimme, »wenn ich ihn mir dann endlich geangelt habe, störst du!«

Ich weiß nichts zu sagen.

Dana dreht sich um, ruft: »Marcel! Hast du mal 'n Taschentuch?«

Er ist also auch hier!

Den Überraschungsauftritt genießt er sichtlich. Grinsend, die Augen unergründlich hinter einer neuen Sonnenbrille, tritt er zu uns und begutachtet Danas beschmutzte Ballerinas. »Sorry, Ladys, da kann ich nicht mit dienen. Am besten, Dana, du lässt dir auch Schwimmhäute wachsen wie Wie-heißt-sie-jetzt-noch-mal?«

»Merle«, sage ich scharf. In der Ferne ertönt ein weiterer Warnpfiff.

»Meer-le, die Meerjungfrau.«

»Albern!«

Marcel zuckt die Achseln. »Hattest du ein Date mit deinem Fisch?«

»Ja. Er hat versprochen, dich zu fressen!«

Er lacht. »Ich fürchte, es wird morgen wohl eher andersrum werden.«

Dana stöhnt genervt auf. »Diese bekloppten Fische! Lissy, warum gehst du nicht einfach wieder unter?«

Ich schlucke. Wieder Warnpfiffe, näher jetzt. Der Hund kriegt sie auch mit, verschwindet neugierig im Gebüsch. Ich kann leider nicht herausfinden, was los ist, ohne mich zu verraten.

»Dana«, bitte ich, »ich möchte mich wirklich gern bei dir entschuldigen. Wollen wir nicht wenigstens ein bisschen spazieren gehen?«

Dana sieht fast aus, als wolle sie gleich in Lachen ausbrechen. Aber Marcels Anwesenheit macht die Lage zu ernst. Zumal er jetzt ungefragt in die Tasche ihrer schwarzen Jeansjacke greift, ihren Lippenstift herauszieht, aufdreht und mir damit vor der Nase herumwedelt.

»Tragen Meerjungfrauen eigentlich Make-up oder ist das nicht wasserfest?«

Mein Arm reagiert schneller als mein Gehirn: Blitzschnell schlage ich gegen seine Hand, der Lippenstift fliegt in den Matsch.

»Seid ihr bescheuert?«, ruft Dana.

»Beschwer dich bei Marcel!«

Der spielt wieder den Unschuldigen, hebt die Arme, wie's Fußballer nach einem Foul tun.

Mein Protest wird von lauten Rufen übertönt.

»Weg vom Ufer, Kinder! Schnell! Nicht so nah ans Wasser!« Ein Mann in Wanderkleidung springt auf mich zu und fasst mich am Arm. »Komm! Weg! Weg!«

Sein Griff ist grob, seine Wanderstöcke klappern gegeneinander, seine Augen sind angstvoll aufgerissen.

Auch zwei Frauen schreien voller Panik auf uns ein, scheuchen Dana und Marcel zurück auf den Weg. »Vom Wasser weg!«

»Was wollen Sie denn?« Während ich durch die Uferböschung stolpere, kann ich mir natürlich alles zusammenreimen. Trotzdem muss ich lachen, als ich die drei Wanderer dann wirklich »Krokodile!« rufen höre. Die jedoch denken, das käme vom Schock.

Der Mann entschuldigt sich, die Frauen versuchen, mich zu beruhigen.

Marcel lässt sich nicht so leicht aus der Fassung bringen. »Hier gibt's keine Krokodile«, sagt er barsch, zückt vorsichtshalber aber sein Smartphone. »Niemals. Genauso gut könnten Sie uns was von Haien erzählen.«

»Mit eigenen Augen gesehen«, fährt ihm der Mann über den Mund. »Mensch, Cora, weißt du noch: Australien letztes Jahr? *Bathing at your risk,* stand auf den Schildern. Da haben wir uns auch nichts bei gedacht. Bis der Guide sie uns dann gezeigt hat. So nah! Und wir hätten sie überhaupt nicht gesehen! War das ein Schock! Und hier wieder ...!« Er keucht. »Leider kein Foto ... schwupp, war's weg. Du hast es doch auch gesehen, Cora?!«

Die Frau nickt zögerlich. Vielleicht tut sie's nur, um ihren Mann nicht der Lächerlichkeit preiszugeben.

»Das war ein Mordsbiest, Cora! War's doch?«

»Könnte ausgesetzt worden sein«, überlegt Cora, fast entschuldigend. »Könnte dem Besitzer zu groß geworden sein oder entwischt sein, so wie bei meiner Freundin. Die ging in ihrem Mietshaus in den Keller und wurde von einer Schlange gebissen, die sich in ihrem Sportschuh zusammengerollt hatte. Bei den warmen Temperaturen momentan ist es durchaus möglich, dass ein Kaiman ...«

»Mein Hund!«, schreit Dana jetzt los. »Wo ist mein Hund?! Rusty!«

»Oh nein, den hat's geschnappt!«, ruft die zweite Frau entsetzt.

Plötzlich ist die Angst um mich herum so stark, dass selbst ich um Rustys Leben fürchte, obwohl ich weiß, dass es wohl kaum in Gefahr ist.

Dana bricht in Tränen aus.

Ehe ich darüber nachgedacht habe, halte ich sie schon tröstend im Arm. »Rusty ist schlau und schnell, der lässt sich nicht packen.«

»Er badet so gerne.« Dana heult wie eine Sirene.

Jede Sekunde, die Rusty länger wegbleibt, gibt unserer Geschichte Schwung. Ich schäme mich, weil Dana so um ihren Hund weint – und doch hoffe ich sehr, dass Tim und Piet ihn gerade festhalten.

»Ich ruf die Polizei.« Der Outback-erfahrene Wandersmann

schüttelt energisch seinen Rucksack herunter, kramt ein Handy heraus. »Und ihr, Kinder, lauft! Cora, Angelika, geht mit ihnen zur Straße!«

»Und du willst hierbleiben, Hape?«

Der zieht ein Fahrtenmesser, das Telefon schon am Ohr, den schweißnassen Safarihut halb im Gesicht. »Ich such den Hund.«

Marcel schnaubt dazu nur verächtlich: »Crocodile Dundee, was?«

Ich muss wieder lachen. Der Mann ist ein Idiot, aber für unseren Plan ein Geschenk des Himmels.

»Los, Lissy, wir verschwinden.« Marcel stößt mich an. »Du glaubst den Quatsch doch auch nicht!«

Ich schüttle den Kopf. »Wir gehen nicht ohne Rusty.«

Dana nickt dankbar.

Die Frauen tauschen unglückliche Blicke, sind hin- und hergerissen zwischen der Angst vor dem Untier und der, sich grandios zu blamieren.

Alle hören mit, als Hape der Polizei Bericht erstattet. Die Beamten sind offenbar skeptisch. Hape gibt an, Lehrer zu sein und »grundsätzlich keine dummen Scherze« zu machen. Auch Cora bestätigt treu die Sichtung des Reptils und versichert, dass kein Alkohol im Spiel sei, auch ihre Schwester sei Zeugin. Zu alldem ergänzt Dana in dramatischer Stimmlage: »Das Krokodil hat meinen Hund gefressen!«

Da bin ich mir schon gar nicht mehr so sicher, ob sie sich nicht doch eins und eins zusammengezählt hat und Theater spielt.

Auf jeden Fall reicht es aus.

Eben ist die Telefonverbindung zur Polizei beendet, als Rusty putzmunter aus dem Gebüsch springt. Und Dana sagt, ihn umhalsend, zwischen Lachen und Weinen und Schimpfen: »Oh Mann, Lissy!«

31

Die Wanderer begleiten uns zum Blockhauspark. Dana hat sich beruhigt, will aber von Marcel gestützt werden. Ich muss Rusty an der Leine halten. Auf dem Weg bin ich wachsam, sehe und höre jedoch nichts von meinen Komplizen. Der Einkaufswagen, den Aziz hinter einem Gebüsch geparkt hatte, ist fort.

Auf der Wiese treffen wir auf meine Großeltern.

Opa ist augenblicklich im Bilde. Völlig überzeugend behauptet er nach der aufregenden Schilderung der Ankommenden: »Als Hobbyornithologe habe ich mich schon gewundert.« Er weist auf das Fernglas, das auf der Badetasche liegt. »Seit ein, zwei Tagen haben wir hier kaum noch Schwäne und Enten. Die vielen putzigen Jungvögel ...« Er hält ratlos die Handflächen nach oben. »Ich versteh's nicht ... wie vom Erdboden verschluckt!«

Für Safari-Hape ist die Sache klar wie Krokodilsbrühe. Er gibt seine Warnungen aus und eilt mit seinen Begleiterinnen weiter, um auf den Einsatzwagen der Polizei an der Parkrezeption zu warten. Dana und Marcel folgen ihnen und übernehmen bereitwillig die Aufgabe, ebenfalls Badegäste zu informieren.

Bald sehe ich, was es heißt, eine Nachricht verbreite sich wie ein Lauffeuer: Kinder rennen, Erwachsene eilen, Jugendliche schlendern betont lässig zur nächsten Urlaubergruppe, um die Sensationsmeldung weiterzutragen.

Ein Kleinkind weint laut. Zwar nur, weil sein Eis hinuntergefallen ist, aber das Plärren verstärkt gut die atmosphärische Wirkung.

Emma ruft, hörbar für die ganze Liegewiese: »Hab ich dir nicht gestern schon gesagt, Dana, dass da was total Merkwürdiges Luftblasen gemacht hat?! Aber du hast mir ja nicht geglaubt. Und dann hat es wild geplatscht und die Ente war weg!«

Ein Fünfjähriger brüllt los, weil seine Mutter ihm verbietet, den Wasserball aus dem See zu holen.

Da bremst Tims Mountainbike scharf neben mir. »Erzähl!«, fordert er und hält mir ein Handy hin.

Ich sehe mich um – keiner kann mithören – und spreche schnell einen Lagebericht hinein.

»Okay, Freunde«, antwortet Christoph, »die Aktion geht jetzt in Phase zwei. Aziz bringt das Video. Ihr kennt euch nicht, verstanden?!«

»Alles klar.«

»Übertreibt nicht mit euren Storys, tut nur immer schön ängstlich und: kein Wort vom Wels. Tschüss! – Nein, warte, da muss noch jemand was Dringendes loswerden.«

Kurze Stille.

Dann: »Moderlieschen?«

»Felix!« Wie schön! Und wie schade, dass er nicht hier bei mir ist!

»Mag dich«, sagt er.

»Ich dich auch.«

Mit heißem Gesicht gebe ich Tim das Handy zurück. Er tut, als habe er die letzten Worte nicht gehört.

Anschließend hole ich – todesmutig – dem weinenden Jungen den Wasserball. Nicht ohne zuvor ausgiebig in alle Richtungen über den See zu spähen. Husche nur schnell ins Wasser und noch schneller wieder raus.

Die Mutter bedankt sich überschwänglich dafür. »Meine Vorsicht ist wahrscheinlich völlig übertrieben, aber man weiß ja nie.«

»Ehrlich gesagt hab ich auch Angst. Die Leute schienen mir sehr glaubwürdig. Das waren keine Idioten, die einen auf den Arm nehmen wollen.«

Daraufhin packt die Mutter rasch Kind und Kram und bricht auf – wie die meisten. Einige Leute entfernen sich auch nur möglichst weit vom Ufer, stehen dort in Grüppchen zusammen, diskutieren aufgeregt, reichen Ferngläser weiter. Ich muss mich sehr zurückhalten, um nicht jubelnd in die Luft zu springen.

Wels, wir retten dich!

Nur eine Stunde später drücke ich mich, in der Hoffnung auf Neuigkeiten, an der Rezeption herum – und höre von Platzbesitzer Toni die erlösende Anweisung.

Damit die Umstehenden es auch mitkriegen, steigt er extra auf ein Podest.

»So, nun ist es amtlich: Die Uferzone wird bis auf Weiteres gesperrt. Auch wenn ich persönlich das Ganze ja für eine Sommerloch-Geschichte von Journalisten halte.« Er wendet sich einem Mann mit Tablet und einer Frau mit Fernsehkamera zu. »Wo kommt ihr eigentlich so schnell her? Wie, Twitter?! Wer twittert denn was? Der Lehrer oder der junge Kerl, der den Film gemacht hat?«

Die Antwort kann ich nicht hören, denn ein unfreundliches Murren geht durch die Menge. Gut, dass Aziz mit seiner Ausrüstung längst fort ist. Die Wanderer haben sich auch aus dem Staub gemacht.

»Also, ich glaube nach wie vor, dass unser Krokodil nur ein Streich von Dummköpfen ist, aber es bleibt uns nichts anderes übrig, als in den sauren Apfel zu beißen. Ab sofort ist Baden strikt verboten. Die Feuerwehr wird ein Suchboot schicken. Wenn die den Spuk nicht aufklären können, muss auch das Anglerfest abgesagt werden.«

Die meisten Leute finden die Entscheidung richtig.

Ich auch.

Keine Frage, dass ich jetzt zu Felix will! Aziz und Christoph sind beim Tennis und die Zwillinge zu Hause. Felix aber ist mit Zacki allein und versteckt sich unter der Weide oder auf der Pirateninsel.

»Lissy, warte!«, ruft Dana mir hinterher. »Wo willst du denn jetzt wieder hin?«

Ich möchte keine Aufmerksamkeit auf mich ziehen, zumal Marcel und seine Clique in der Nähe sind. Rückwärtsgehend flunkere ich: »Hab noch nicht zu Mittag gegessen. Wir sehen uns später, okay?«

»Nichts ist okay! Du darfst nicht schwimmen gehen, hast du nicht gehört?«

»Mach ich doch auch nicht. Ich geh nach Hause.«

»Das liegt in der anderen Richtung.«

»Ich wollte aber vorher noch kurz was im Freizeitraum nachsehen.«

»Ich komme mit.«

Drinnen ist zum Glück niemand. Dana nimmt sich einen Hocker, ich bin zu unruhig, mich zu setzen.

»Es ist euer Krokodil«, stellt sie fest.

Ich schaue weg. Ich werde es nicht zugeben, bevor der Angeltag nicht vorüber ist.

Dana schnaubt beleidigt. »Ich weiß es sowieso. Das habt ihr gebastelt. Du hättest es mir sagen können, Lissy. Mich nicht so dumm dastehen lassen. Wie peinlich das mit den Flecken war ... So was macht man nicht unter Freundinnen, das ist unfair!«

»Da hast du dir was zusammenfantasiert, Dana. Du hast doch eh nur Jungs im Kopf ... so Idioten wie Marcel.«

»Besser, als einen Fisch zum Freund zu haben. Du spinnst ja!«

»Und du verstehst überhaupt nichts.«

»Von Fischen? Immerhin hab ich euch gut geholfen mit meinem«, ihr Blick flackert ein bisschen, »mit meinem hysterischen Anfall.«

»Hat Marcel das gesagt?«

Jetzt sieht sie aus, als würde sie gleich weinen. Ihre Finger drehen ununterbrochen den Totenkopfring. Die Haut drum herum ist schon ganz rot. »Wer sonst. – Warum willst du mich nicht dabeihaben?«, flüstert sie.

Ich sehe sie an, mag nicht länger lügen. »Weil du einfach die beste Schauspielerin bist, die man sich vorstellen kann. Und weil du es nicht sofort wusstest, hast du noch viel besser gespielt! Dein Auftritt war spontan und absolut überzeugend. Und dann hast du sogar noch Emma dazu gebracht, mitzumachen! Das war total super.«

Dana lässt ein Schluchzen hören. »Und ich dachte schon, du und Felix, ihr mögt mich nicht.«

»Quatsch. Es ist nur ... Felix hat Angst, ich will ihn küssen«, sage ich. Ich weiß, ihr kann ich das anvertrauen.

»Ich hab manchmal auch ein bisschen Angst vor all dem«, gesteht sie.

»Aber ich dachte ... Du hast doch schon so oft geküsst!«

»Ach was!« Dana drückt einen Schmatzer auf ihren Handrücken. »Dreimal so. Das ist nichts. Vor allem, wenn man gar nichts spürt.«

»Aber es zählt als Kuss.«

Sie nickt scheu.

»Das ist doch toll!«

Sie lacht, wischt sich die letzten Tränen ab. »Wollen wir nicht doch ein Schokohörnchen essen gehen?«

»Gerne, aber bitte später. Jetzt muss ich erst mal den Wels retten.«

»Die Welt retten?«

»Nee, danke. Die ist mir zu groß.«

Dana kichert. Sie wünscht mir Glück, als ich zur Tür laufe,

ruft zuletzt: »Stimmt es, dass du dich von Felix Moderlieschen nennen lässt?«

Als würde ich unerwartet eine von der Sonne besonders beschienene Stelle des Sees durchschwimmen, wird mir sofort warm. Nur wegen des lang vermissten Wortes. »Moderlieschen sind Sonnenfischchen.«

»Ja, das passt.«

32

Schwimmt es sich anders in einem vermeintlichen Krokodilssee? Wenn man Bescheid weiß, nicht.

Felix hockt im Uferdickicht der Pirateninsel. Glücklich angekommen, küsse ich Zacki zur Begrüßung auf seine Schnauze, die er mir ungestüm entgegenschiebt. Felix reiche ich die Hand, damit er mich zu sich zieht. Seine Finger sind ganz schön durchgefroren, obwohl er auf der Nase einen Sonnenbrand hat.

»Warst du die ganze Zeit im Wasser?«

»Seit die anderen weg sind, bin ich nicht von Zackis Seite gewichen.«

»Dann wärme ich dich.«

So gut es geht, rutsche ich an ihn heran, rubble seine Arme. Irgendwo unter dem nassen Badeanzug schlägt mein Herz. Zacki gleitet ins Wasser, und ich glaube, er zwinkert amüsiert.

»Jetzt wäre ein Whirlpool schön und danach eine flauschige Decke.«

»Ja«, murmele ich, »eine richtig große, unter die auch die Füße passen.«

Er wuselt seehundmäßig mit dem Gesicht durch mein Zottelhaar, streckt den Arm aus, um meine Zehen warm zu reiben. »Du blutest.«

»Bin irgendwo reingetreten, hab's gar nicht gemerkt.«

»Wir machen ganz schön viel Action, was?«

»Alles für den Wels«, sage ich.

»Und wir gewinnen, wetten?«

»Wir haben doch schon gewonnen!«

Ich berichte von unserem Triumph: Denen haben wir's gezeigt!

Doch Felix scheint mir gar nicht zuzuhören, schaut nur auf meinen Mund. »Ich …«

In der Luft liegt ein kaum hörbares Sirren.

Felix' Lippen zittern. Von der Kälte sind sie leicht bläulich.

Ich nähere mich seinen, vorsichtig.

Felix atmet.

Ich spüre seine Haut. Ganz kurz, ganz zart. Man kann es kaum einen Kuss nennen. Aber fühlen tu ich ihn, die weiche Wärme, bis in die Haar- und Zehenspitzen.

Ich zittere auch.

Um mich wird das Sirren lauter. Was ist das?

Felix hört es ebenfalls. Sein Blick schwenkt an mir vorbei. Er zuckt zurück. »Oh nein! Duck dich!«

Wir drücken uns in den Algenteppich, während sich unaufhaltsam ein Boot nähert. Stimmen werden laut. Ab und zu ein Platschen: Sie stochern mit einer Stange im Wasser herum.

»Ich kann Zackis Leine nicht mehr erreichen«, wispert Felix. »Er ist zu weit draußen.«

»Dann tauch ich hin und hol ihn.«

Felix hält mich fest. »Nein! Sie könnten dich für das Krokodil halten. Und vielleicht haben sie eine Waffe.«

Ein Mann schreit: »Da, da ist was!«

Er wirft einen Stein.

Der Stein trifft Zackis Kopf ... und Zacki – Zacki sinkt. Langsam und lautlos wie ein U-Boot, nein: wie ein echtes Krokodil, taucht er absolut elegant und gelassen ab. Ein letztes Kräuseln – und das Wasser im Welssee ist spiegelglatt.

»Das war's. Den sehen wir nicht wieder«, flüstert Felix.

Der Verlust tut weh.

Zacki war ein Freund, ein fester Bestandteil meiner Reise und dieses Sommers.

»Sei nicht traurig, Merle. Zacki geht's gut. Er ist frei und nicht allein. Günther heißt ihn willkommen und zeigt ihm gerade die versunkene Kirche.«

Ich schniefe. »Danach stellt er ihm Scheh vor. Sie essen Schmatzschnecken ...«

»... und wenn sie nicht gestorben sind, dann blubbern sie noch heute.«

Wir verstecken uns im Gestrüpp, was uns mit viel Glück gelingt, warten, bis das Boot verschwunden ist, bevor wir zur Weide zurückschwimmen und von dort zum Platz laufen.

Am Badesteg erfahren wir, dass Toni und sein Bruder mit dem Boot unterwegs gewesen sind. Die Feuerwehr rückt eben erst an.

»Das Tier kann gar nicht echt gewesen sein«, beharrt Toni.

»Dann wäre es eine sehr, sehr gut gemachte Fälschung«, widerspricht sein Bruder. »Schade, dass wir gleich wieder zurückgerufen wurden. Ich hätte gern noch die kleine Insel abgesucht.«

»Schwein gehabt«, flüstert Felix mir zu.

Toni wendet sich an die umstehenden Leute: »Noch ist nichts entschieden.«

Der Bruder aber beschirmt die Augen mit der Hand und lässt seinen Blick über das unergründliche Wasser schweifen. »Doch, Toni. So wie das Biest abgetaucht ist … das war schon schauerlich. Farblich hätte ich zwar erst gesagt, das ist eine Attrappe. Aber das nützt nichts, wenn die Feuerwehr nichts findet und nicht offiziell Entwarnung gibt. Dir bleibt versicherungstechnisch gar nichts anderes übrig, als den See weiterhin zu sperren und dem Veranstalter für morgen abzusagen.«

»Wo ist eigentlich das Problem?«, meldet sich Karin aus dem Laden zu Wort. »Der hat doch schon durchblicken lassen, dass er nächsten Monat wieder einen Termin für uns frei hätte. Angeln im Krokodilssee, das ist die beste Werbung für ihn.«

»Bis dahin ist der Wels längst in einem anderen See«, flüstert Felix mir zu. »Komm, wir gehen.«

Während wir uns durch die Menge zwängen, sehe ich, wie Journalisten und Feuerwehrleute nun Boote besteigen. Zum Filmen kommen sie zu spät. Zacki hat sich nur einmal Christophs Kamera gezeigt, für alle anderen wird er ein Objekt der Fantasie bleiben.

Die Zwillinge warten im Schutz der Bäume, klatschen uns siegreich grinsend ab.

»Das ist 'ne Riesengaudi, den Tag werd ich nie vergessen«, sagt Piet. »Jetzt lassen wir uns interviewen. Natürlich wissen wir nichts, wir haben nur Angst. Aber vielleicht kommen wir trotzdem ins Fernsehen.« Sie grinsen sich noch breiter an, rufen »Tschüss!« und weg sind sie.

Noch zwei Jungen warten auf uns. Besser gesagt, sie fangen uns kurz vorm Hexenhaus ab. Allerdings sind sie alles andere als gut gelaunt.

»Habt ihr's also geschafft, dass morgen nicht geangelt wird!« Luca baut sich vor uns auf dem Weg auf. »Und du, Lissy, hast einen auf Heulsuse gemacht? Wegen deines«, er spuckt aus, »Fisches in Privatbesitz?«

»Der See ist wegen eines Krokodils gesperrt, das mehrere Leute gesichtet haben. Nicht wegen irgendwelcher Fische«, stellt Felix klar.

»Krokodil! Lachhaft!« Marcel schnaubt. »Wer glaubt denn daran? Kein Mensch. Ihr auch nicht! Uns macht ihr nichts vor!«

Er hält mir sein Smartphone unter die Nase. Darauf läuft zu scheppernder Musik ein Video aus Australien. Man sieht in Zeitlupe, wie ein großes Saltie eine Gans zerbeißt. Die Kiefer des Reptils schlagen aufeinander, die Flügel der Gans flappen leblos zu den Seiten.

»So sieht ein Krokodil aus. Eures ist Kinderkram. *Das* ist die Realität.«

»Das ist ein Video.«

Marcel stöhnt genervt auf. Aber ich sehe, dass zwischen seiner Wut auch Traurigkeit in seinen Augen aufblitzt. Schon ist sie weggewischt, so schnell, wie sein Finger das Smartphone bearbeitet.

»Du kannst gern noch ein anderes sehen«, sagt er. »Es gibt unendlich viele. Ich zeig dir, wie Krokodile Menschen fressen, wenn du willst.«

»Du bist langweilig, Marcel«, urteilt Felix und nimmt meine Hand. »Komm.«

»Stopp!« Luca breitet gebieterisch die Arme aus. »Ich will jetzt wissen, was los ist! Marcel sagt, er traut euch zu, das Krokodil erfunden zu haben.«

»Erfunden? Die Leute haben's doch gesehen!«, kontere ich kalt.

»Euren Fisch habt ihr auch erfunden!«

»Stimmt«, gebe ich zu. »Und deswegen kann es uns auch schietegal sein, ob hier morgen geangelt wird oder nicht. Wie du schon richtig erkannt hast, Luca«, ich grinse, »unseren Fisch gibt's ja gar nicht.«

»Und das Krokodil?«, fragt er dümmlich.

»Das lebt mindestens in der Fantasie der Leute«, antwortet Felix.

»Und verdirbt mir den Wettkampf.«

»Und mir den Hang-Auftritt.«

»Tut mir leid, Marcel«, sage ich ehrlich. »Dürfen wir jetzt vorbei, ja?«

»Ihr seid ganz schön abgebrüht.«

Marcel filmt, wie wir weggehen; keine Ahnung, was er damit anfangen will. Offenbar weiß er 's auch nicht, ruft: »Euch lösch ich wieder.«

»Ja, lösch uns!«, kichere ich.

»Das ist ein sterbenslangweiliger, völlig öder, armseliger Scheißplatz hier! Urlaub hinterm Mond, das mach ich zum letzten Mal ...«

Wir schlüpfen durchs Heckentor.

33

Zu Hause essen wir einen Haufen Butterbrote und lassen uns danach auf die Gartenliegen sinken, wo uns in null komma nichts die Augen zufallen. Oma breitet Decken über uns, wuselt eine Weile hin und her, erzählt, dass Felix' Mutter sie besucht hat, ein Reporter Opa wegen des Krokodils interviewen wollte und noch manches mehr, aber das bekomme ich nicht mehr mit.

Ich erwache, weil ich ein leises Plätschern höre. In den letzten Ausläufern meines Traums tollen Zacki und der Wels um die Wette, entfernen sich, verschwinden am Horizont. In der Wirklichkeit des schattig blauen Spätnachmittags ist es ein Amselweibchen, das keine dreißig Zentimeter von mir entfernt in der Vogeltränke badet. Die Hälfte des Wassers, das Oma morgens immer neu auffüllt, hat Frau Amsel mit ihrem Geplansche schon aus der Keramikschale befördert. Glücklich-strubbelig sitzt sie danach noch einen Moment auf dem Rand und stößt ein leises Ticksen aus.

Ich gähne.

Felix schläft weiter. Seine Atmung klingt nach Erkältung,

außerdem hat er sich die Decke weggestrampelt. Ich stehe auf, lege sie über ihn und wecke ihn dabei.

»Entschuldige, ich wollte nur, dass du's warm hast.«

Er blinzelt und antwortet mit einem wohlig-maunzigen Rekeln.

Manchmal brauchen wir die Wörter gar nicht. Eben haben die Amsel, Felix und ich mit durchaus unklaren Lauten glasklar ausgedrückt, wie gut es uns geht.

Muss ich Opa erzählen!

Ich suche ihn und Oma im Haus, doch sie sind nicht da. Das Auto steht auch nicht auf dem Parkplatz. Irritiert frage ich Felix, was los ist.

»Sie haben nichts davon gesagt, dass sie wegfahren«, murmelt er.

Auf dem Esstisch finden wir eine Nachricht: »Müssen schnell in die Stadt, wollten euch nicht wecken. Bis später, Oma.«

Warum haben sie uns nicht Bescheid gesagt? Geht es Opa nicht gut? Diese Frage beunruhigt mich. Warum muss man sich eigentlich immer gleich sorgen, wenn man jemanden lieb gewonnen hat?

Felix schlägt vor, Tee zu kochen, was wir dann auch tun. Er kramt in den Blechdosen herum, schnuppert und rätselt, in welchen wohl welches Kraut ist. Ich tigere nervös auf und ab und schaffe es bei jedem dritten Weg am Tisch vorbei, eine Tasse oder einen Löffel hinzulegen. Immerhin: Als wir das Auto hören, ist der Tisch gedeckt.

Ich sause hinaus. Beide sitzen drin.

Schon mal gut.

»Wo wart ihr denn?«

»Einkaufen.« Opa sieht mich höchst erstaunt an. »Alles in Ordnung?«

»Warum habt ihr nichts gesagt?«

»Überraschung!« Oma hievt eine vollgepackte Tasche aus dem Kofferraum, reicht sie an Felix weiter und drückt mir eine Sektflasche in die Hand. »Deine Eltern haben sich spontan angemeldet. Sie sind unterwegs und bleiben wenigstens für eine Nacht. Niko sagt, der Hausbau hat sehr gute Fortschritte gemacht. – Was ist? Freust du dich nicht?«

Ich spüre, wie Felix mich ansieht. Die Tasche, aus der ein Baguette und Porreestangen herausragen, lässt er auf den Boden plumpsen. »Fährst du nach Hause?«

»Nein!«

»Sie werden dich bestimmt mitnehmen wollen. Ist ja blöd, wenn sie in ein, zwei Wochen noch mal herkommen müssen, um dich abzuholen.«

»Ich will aber nicht nach Hause!«

Ich will noch das Geschenk für Felix fertig zeichnen, ich will noch mal zur Pirateninsel, zur Villa, zur Steilstelle; ich will noch mehr Geschichten vom Wels hören: Was er mit Zacki unternimmt, ob Zacki auch eine Freundin findet. Ich will mit Dana zusammensein, mit Oma und Opa, mit Felix …

»Du kannst bleiben, so lange du willst. Also bis die Schule wieder anfängt«, verspricht Opa. »Und sollten deine Eltern wirklich nicht noch einmal fahren wollen, werden wir dich eben bringen.« Opa wendet sich an Felix: »Sag mal, kann es sein, dass du in der letzten Woche ein ganzes Stück gewachsen bist?«

Felix streckt sich stolz. »Abgenommen hab ich, vom vielen Schwimmen. Macht schlank und stark!«

»Dann trag doch mal die Einkaufstasche ins Haus«, sagt Oma. »Ich gehe davon aus, dass du heute Abend wieder mit uns essen wirst?«

»Klar. Was gibt's denn?«

Mama und Papa wiederzuhaben, ist dann doch schön. Von ihnen gedrückt zu werden, tut gut.

Während Felix sich kurz bei seiner Familie sehen lässt, erzählen sie mir von ihren Einrichtungsplänen für das Haus und von den neuen Nachbarn, die sehr nett sein sollen. Sie haben eine Tochter in meinem Alter, die mir schon mal Grüße ausrichten lässt.

Dana kommt vorbei, fragt, ob ich nicht Lust hätte, mit ihr, Emma und Rusty einen Abendspaziergang zu machen. Als sie hört, dass meine Eltern da sind, geht sie aber wieder.

»Bis morgen, Merle. Du bleibst doch noch?«

»Ich bleibe.«

Die Windlichter brennen. Zu sechst sitzen wir ein wenig später auf der Veranda. Die Grillen zirpen. Der See ist in der Dunkelheit nicht zu sehen, aber ich weiß, dass sich im Wasser Mond und Wolken spiegeln. Darunter zucken Schatten: Diamantenbesetzte Könige treffen Nachtpfauenaugen, Spieltiere tanzen mit märchenhaften Schönheiten.

Sie alle treiben mit den Wolken in unsere Träume.

»Erzähl noch was, Opa!«

»Aber die Geschichte ist zu Ende, Merlchen. Der Wels hat seine Aufgabe erfüllt.«

»Welche Aufgabe denn?«

Die Antwort ist Felix' Hand. Sie hält meine schon lange, nun verschlingen sich unsere Finger fest ineinander.

»Was ist denn das für eine Geschichte?«, fragt Mama neugierig.

»Wenn ihr wirklich wollt, erzähl ich morgen vielleicht noch mal ein Kapitel«, sagt Opa. »Auch für die Erwachsenen. Anja und Niko, ihr dürft gern zuhören.«

Meine Eltern nicken lächelnd.

»Übrigens habe ich dem echten Günther einen Brief geschrieben«, fügt Opa zu mir gewandt hinzu. »Hat mir einige Tage Kopfzerbrechen gemacht. Seit ich ihn vorhin in den Postkasten geworfen hab, geht's mir aber wieder richtig gut.«

Papa fragt, wovon wir eigentlich die ganze Zeit reden.

»Erzähl du ihm das, Opa. Felix und ich haben noch was vor.« Ich ziehe meinen Freund von der Bank und hinter mir her.

»Aber kein Nachtbaden, ja?!«, sagt Oma.

»Nacktbaden?«, fragt Mama.

»Oh, Mama«, rufe ich empört, »was du immer denkst!«

Mama sagt noch etwas, aber dafür haben wir kein Gehör mehr.

»Wohin?«, flüstert Felix.

»Unter die Glyzinien.«

Just me

Neue Lieblingsbücher für Mädchen

Nikola Huppertz
Mein Leben, mal eben
256 Seiten. Klappenbroschur
ISBN 978-3-649-66990-6
Auch als **ebook** erhältlich:
ISBN 978-3-649-62331-1

Anouk will ihr Leben ändern: Ab sofort wird sie NORMAL, hört Popmusik wie die andern und spielt Computerspiele. Doch ihr Steinzeit-Laptop lädt das blöde Game einfach nicht, und während sie wartet, hämmert Anouk ihre »Memoiren« in die Tastatur: Über MaMi und Matrix, ihre Mütter; über ihren Rocker-Vater; und über Lore, die neu in der Klasse ist. Außerdem soll Anouk einen Songtext für Moritz schreiben, der aber leider auch dieses Unnormal-Gen hat …

... *jetzt gleich reinlesen!*

Leseprobe aus

Mein Leben, mal eben

Das Spiel lädt.

Keine Ahnung, was so lange daran dauert, eine stinknormale Familie zu erschaffen. Ich fürchte, es liegt an dem Laptop, den meine Mutter (genauer gesagt, MaMi) mir dafür abgetreten hat:

Original Jungsteinzeit
Baujahr: 8627 v. Chr.
Typus: Sanduhr

Dabei müssen meine Figuren noch in ihr Haus einziehen, ein bisschen Geld verdienen und die allernötigsten Möbel anschaffen, bevor morgen in meinem eigenen Leben die Schule wieder losgeht. Dummerweise hab ich die ganzen Ferien über nicht daran gedacht, mich um dieses Spiel zu kümmern, wegen Urlaub und Sonne und Büchern und allem. Ferien sind einfach, hm, die sind wie eine knatschbunte Vogelinsel, auf die man sich in einem Fluss voller Krokodile rettet. Kaum ist man getrocknet und hat die blumigen Düfte in der Nase, vergisst man, was es bedeutet, Tag für Tag ums Überleben zu kämpfen. Man kann sich überhaupt nicht vorstellen, dass man bald schon wieder ins Wasser geschubst wird. (Beziehungsweise in die achte Klasse kommt.)

Und jetzt hab ich den Stress und muss mich auf den letzten Drücker vorbereiten, sonst stehe ich morgen als Volldepp da, wenn Mia und Frederike in der Pause erzählen, dass ihre Frauen in den Ferien wieder drei, vier, fünf Babys in die Welt gesetzt haben – oder dass ihre Mädchen erwachsen und sehr erfolgreiche Topmodels geworden sind.

»Und deine?«, heißt es nämlich als Nächstes. »Oder hast du immer noch nicht …«

»Doch, doch!«, ruf ich dann. »Aber bei mir liegen gerade noch alle Leute im Familienkoffer und leiden unter Computerkollaps.«

Nicht lustig.

Immerhin funktioniert dieses Schreibprogramm, wie man sieht (und zwar ohne Pannen). **Die** verschiedenen SCHRIFTEN, alle >.-,#+!*»Zeichen«:;?&%§$< und ([{Klammern}]). Es funktioniert so gut, dass ich glatt meine Lebensgeschichte mal eben aufschreiben könnte, bevor das Spiel zu Potte kommt. Meine Memoiren vom Tragebeutel bis zur Bahre, einschließlich des traurigen Nachrufs:

Im Gedenken an Anouk Vogelsang,
geboren mit dem Unnormal-Gen,
gelebt, gelitten und gestorben,
hinabgestiegen in das Reich des Todes
und nie wieder auferstanden,
da sie vermutlich noch dort unten
irgendwas Komisches verzapft.

Oder wie soll man es sonst nennen, wenn einfach bei allem, was man in seinem Leben anfängt, was anderes rauskommt, als man geplant hat?

Gestern zum Beispiel: Meine Mutter (genauer gesagt, Matrix) hat mir Geld gegeben, damit ich mir was zum Anziehen kaufe. Weil ich mich bei ihr über das japanische Wickeloberteil beschwert hab, das meine andere Mutter (also MaMi) mir frei nach ihrem Entwurf für *Madame Butterflys* Hochzeitsszene geschneidert hatte. Sie (MaMi) kann es einfach nicht lassen, weil sie so verknallt in all die Kostüme ist, die sie sich fürs Opernhaus ausdenkt.

Dass MEIN Leben keine Oper ist und ICH mich mit den Sachen nicht auf einer Bühne verstecken kann, vergisst sie schon mal dabei.

Matrix hat auch erst nicht so recht kapiert, wo das Problem lag.

»Ist doch todschick«, hat sie gesagt, ohne überhaupt richtig hinzugucken, wie ich in dem verhedderten Ding aussah. (Ungefähr wie Harry Houdini kurz vor einem lebensgefährlichen Entfesselungstrick.) Matrix war nämlich gerade damit beschäftigt, den Fettfilter von unserer Geschirrspülmaschine zu reinigen.

»TODSCHICK, genau!«, hab ich ihr geantwortet. »Ich werde morgen aber zufällig NICHT Hochzeit feiern, sondern muss wieder in die Schule. Oder darf ich die wohl bitte abbrechen und aus Hannover wegziehen, um einen amerikanischen Offizier zu heiraten und seine Geisha zu werden? Dann muss ich wenigstens nicht ständig MaMis und deine Schnapsideen ausbaden.«

Das hat gewirkt.

Matrix hat sich umgedreht und mich mit gerunzelter Stirn betrachtet. Und obwohl ihr Nun-wollen-wir-doch-erst-mal-sehen-was-hier-eigentlich-los-ist-Blick mehr an meinem Gesicht hängen geblieben ist als an meiner japanischen Zwangsjacke, hat sie den Ernst der Lage nun offenbar endlich erkannt. Sie hat sich notdürftig die Finger abgewischt, ihr Portemonnaie geholt und mir zwei schöne, glatte Scheine in die Hand gedrückt.

»Such dir aus, was du willst«, hat sie gesagt. »Und ohne dass dir jemand reinredet.«

Manchmal ist Matrix echt großzügig. Vielleicht wollte sie aber auch einfach nur mit dem doofen Filter fertig werden und den Samstag für andere Dinge nutzen. Um sich in die Brombeerhecken am Bahndamm zu schlagen, zum Beispiel, und im Laufe des Wochenendes fünf Kilo Marmelade einzukochen.

(Matrix' Marmeladen sind die leckersten der Welt [unangefochten!].)

Jedenfalls.

Ich bin mit der Tram in die Stadt gefahren, weil mein Fahrrad schon seit dem zweiten Tag der Sommerferien platt ist, und hab unterwegs beschlossen, auf direktem Weg zu *h&m* zu gehen, wo Mia und Frederike immer ihre Klamotten herhaben. Es war mein ehrlicher und fester Plan.

Für den Rest kann ich nichts. Ich hab sogar knallfest die Augen zugemacht, als ich am *Ohrenschmaus* vorbeigekommen bin.

Aber dann bin ich um ein Haar mit einer alten Omi zusammengerasselt, hab einen Anschiss kassiert und musste wieder ein bisschen gucken.

Und was hab ich gesehen?

Die weit geöffnete Eingangstür. Und hinter der weit geöffneten Eingangstür die ausladenden Tische mit den CDs. Insbesondere: den Tisch mit den Metal-CDs. Auf seinem Rand balancierten winzige Rocker mit tätowierten Oberarmen. Sonst bemerkte sie natürlich niemand, doch mir winkten sie umso begeisterter zu. Und genau das ist mir zum Verhängnis geworden.

Es ist bestimmt nicht so, dass ich es WILL, aber ... nun ja. Ich steh total auf Metal.

Das liegt daran, dass Philipp mich immer zu den Konzerten von *Gryphos* einlädt, und zwar schon seit ich denken kann. Frühkindliche Prägung nennt man das und es funktioniert so ähnlich wie Muttermilch und Kuscheln und Zuhausegeruch. Man ist der Sache sozusagen hilflos ausgeliefert, ob sie einem nun nützt, weil alle anderen (zum Beispiel die Leute in der Schule) sie auch toll finden, oder ob sie einem schadet, weil alle anderen (zum Beispiel die Leute in der Schule) sie unnormal finden.

Man liebt die Sache aber trotzdem weiter, weil man so an sie gewöhnt ist und weil Gewohnheit wieder neue Liebe fabriziert, und so finden einen die anderen immer unnormaler und unnormaler, und was das heißt, weiß wirklich jeder, der unnormal IST.

Gryphos also.

Greif. Der große, kluge Vogel mit den ungemütlichen Löwenkrallen.

Und: die Band von Philipp Trapper. Die Independent-Metal-Band, um genau zu sein.

Am Anfang ist immer entweder MaMi oder Matrix zu Philipps Konzerten mitgekommen, aber es hat jedes Mal Streit gegeben, wer ranmuss und wer verschont bleibt. Darum geh ich mittlerweile allein hin. Mit dreizehn ist man ja wohl auch wirklich zu alt dafür, um sich von seinen Müttern in irgendwelche Undergroundclubs begleiten zu lassen. Ich muss nur jedes Mal hoch und heilig versprechen, Ohropax zu benutzen und mich backstage nicht versehentlich mit Bier versorgen zu lassen.

»Bei Philipp weiß man ja nie«, kann MaMi sich dann nicht verkneifen zu sagen, und dabei rollt sie bedeutungsvoll mit den Augen.

Doch sie meint es kein bisschen böse. Das steht fest. Auf Philipp sind MaMi und Matrix niemals böse, OBWOHL sie seine Musik bescheuert finden und OBWOHL man bei ihm wirklich nie weiß.

Bier finde ich aber sowieso eklig. Metal geht genauso gut mit Apfelschorle.

Jedenfalls, das *Ohrenschmaus*. Die weit geöffnete Eingangstür. Die winkenden Rocker. Die rappelvollen Tische. Ich bin einfach nicht dran vorbeigekommen, und rausgekommen bin ich erst recht nicht, zumindest nicht, ohne einen von Matrix' Scheinen dazulassen. Es hat sich aber wirklich gelohnt, ihn zu opfern: für vier gebrauchte CDs, unter anderem das limitierte *Cynic*-Album von 2008.

Hell yeah!

Der zweite Schein ist drei Läden weiter im *Bücherwurm* geblieben. Er ist mir direkt vor dem großen Schaufenster aus der Hosentasche gefallen, hat sich vor meinen Augen zu einer wunderschönen Origamischwalbe zusammengefaltet und ist geradewegs in die Jugendbuchabteilung geflattert, wo er in elegantem Gleitflug im Fantasyregal gelandet ist. Mit ihm allein hätte ich bei *h&m* sowieso nicht mehr viel ergattern können. (Schätz ich mal.) Für zwei Taschenbücher hat er aber noch gereicht. Jetzt hab ich endlich die *Kane-Chroniken* komplett und hab seit gestern 284 Seiten gelesen.

Nur, was ich morgen anziehen soll, das weiß ich immer noch nicht. *Madame Butterfly* scheidet auf alle Fälle aus. Lieber geh ich im Schlafanzug in die Schule, der ist wenigstens nicht gefährlich.

Gerade haben MaMi, Matrix und ich Abendbrot auf dem Balkon gegessen (Fladenbrot mit warmer Brombeermarmelade [sehr lecker!]), zu dritt die Nachrichten geguckt (also, nicht auf dem Balkon, sondern im Wohnzimmer) und uns darüber aufgeregt, was in der Wahnsinnswelt so los ist (Kriege, Kanzler, Katastrophen).

»'ne kleine Runde Skat, bevor ich mich noch mal an den Schneidertisch hocke?«, hat MaMi gefragt, nachdem sie den Fernseher ausgeschaltet und sich einigermaßen beruhigt hatte.

Wobei man vielleicht anmerken muss, dass ihr SCHNEIDERtisch ein riesengroßer SCHREIBtisch ist, mit Computer (plus ihrem neuen Laptop), Zeichenbrett und allem Pipapo. Die eigentliche Nähecke ist eher klein, weil Kostümbildner nur so tun, als würden sie Kostüme bilden, und schneidermäßig andere für sich schuften lassen. Obwohl MaMi aber eben auch nähen KANN, und zwar besonders gut Kostüme (zu meinem Pech).

Fast noch besser kann sie Skat zocken (auch zu meinem Pech), und genau das hat sie also vorgeschlagen, vorhin, nachdem der Nachrichtensprecher sich freundlich verabschiedet hatte und wir seine Horrormeldungen zusammen mit dem Brombeerbrot verdaut haben. Doch ich hatte es plötzlich eilig, in mein Zimmer zu kommen.

DENN ...

»Mein Spiel!«, hab ich gerufen, und vor lauter Aufregung hab ich das Sofakissen in hohem Bogen von meinem Schoß geschleudert. »Das muss doch jetzt endlich mal fertig geladen haben.«

Matrix hat das Kissen mit vorwurfsvoller Miene aus der *Vanilla planifolia* geangelt. Dabei kann ich nichts dafür, dass die Zimmerpflanzen bei uns so dicht wachsen wie im tropischen Regenwald. Mir gehen ja sogar Kakteen ein, das weiß Matrix genau. Den Dschungel hat sie sich ganz allein zuzuschreiben, beziehungsweise ihrer Landschaftsarchitektur, mit der sie auch vor unserer Wohnung (also Matrix' Lieblingslandschaft) nicht haltmacht.

»Aber nicht die halbe Nacht zocken!«, hat sie deshalb auch nur gesagt und die *Vanilla* tröstend gestreichelt.

»Morgen geht die Frühaufsteherei wieder los«, hat MaMi mit einem Stoßseufzer bekräftigt.

MaMi hasst Schultage mindestens so sehr wie ich, weil sie spätabends meistens ihren *kreativen Kick* bekommt, lauter Kleider, Stulpen, Schuhe und Hüte erfindet und dann höchstens drei, vier Stündchen geschlafen hat, wenn der Wecker klingelt.

Matrix hat noch irgendwas gesagt von wegen, wer denn in dieser Familie fürs Frühaufstehen zuständig sei und fürs Kaffeekochen und Frühstückmachen und Schulbrotschmieren und Autoausparken, aber so genau hab ich nicht mehr hingehört.

Wusch war ich in meinem Zimmer und *wusch* an meinem Schreibtisch. *Klick*, Bildschirmschoner weg, *klick*, Schreibprogramm zu, *klick*, zum Spiel.

Und?

Na?

Die Sanduhr.

Immer noch.

»Geh ins Neandertal!«, hab ich sie angeschrien, aber sie hat nicht reagiert. Sie war genauso unnormal wie alles andere, mit dem ich es zu tun kriege, seit ich mitsamt meinem Unnormal-Gen auf dieser Welt bin.

Und während ich sie angesehen hab, wie sie so starr auf dem Bildschirm hing, als wollte sie für alle Ewigkeiten weiterrieseln – da ist mir klar geworden, dass immer alles bleibt, wie es ist. Weil man so sehr an das gewöhnt ist, was man hat, und weil man es eben gewohnheitsliebt, und weil man aus Gewohnheitsliebe selber immer alles gleich macht. Und darum verändert sich auch überhaupt nichts an dem, was man NICHT hat (zum Beispiel: Friede, Freude, Freunde). Man kommt zwar in die nächste Klasse, aber sonst bleibt alles beim Alten.

Es sei denn, man strengt sich an und hört auf, alles wie immer zu machen. Dann sind vielleicht auch die Krokodile nicht mehr so gefährlich, wenn man wieder durch diesen Fluss schwimmen muss, der Schule heißt.

Also hab ich das Schreibprogramm schnell wieder geöffnet. Um die bescheuerte Sanduhr nicht mehr länger sehen zu müssen, bevor der Figurenkoffer aufgeht und ich endlich loslegen kann mit der Familienerschaffung. Und weil ich einen Beschluss gefasst hab, den ich vorher noch unbedingt aufschreiben wollte.

Er lautet:
Ab sofort wird alles anders.
Ab sofort wird mein Leben NORMAL.
So wahr ich Anouk Vogelsang heiße!

Ich hab mir auch gleich überlegt, was ich alles machen könnte, um ein NORMALES Leben zu führen. Erst hatte ich nur zwei oder drei Ideen (was wiederum an meinem Gen liegen muss). Aber dann hab ich an Mia und Frederike gedacht, zu denen ich mich morgen in der Pause wieder stellen werde. Obwohl ich den bösen, aber begründeten Verdacht hab, dass sie hinter meinem Rücken über mich lästern:

»Anouk hat noch nie …«

»Anouk hat schon wieder …«

Und da ist mir so viel Unnormales zum Ändern eingefallen, dass ich aufpassen muss, nichts davon zu vergessen.

Hier kommt eine *Merkliste.*

Ich werde ab sofort:

1. angesagte Sachen machen (je nachdem [umhören!])
2. Computer spielen (mach, du doofer Laptop!)
3. shoppen (und zwar: Klamotten)
4. Popmusik hören (statt Metal)
5. mich schminken (herausfinden, wie!)
6. mitreden können (siehe 1., 2. und 4.)
7. mehr mit Leuten unternehmen (zum Beispiel 3.)
8. nicht immer nur Bücher lesen, sondern auch Zeitschriften (siehe 4.–6.)
9. insgesamt aber weniger in meinem Zimmer rumhocken, um
10. genug Zeit für alles andere zu haben.

So. Und jetzt fang ich an.

Und zwar mit Punkt 2: dem Spiel.

TROMMELWIRBEL, TUSCH, FANFARE ...

... und Sand.

Sandsandsand, der in feinen Körnchen auf meinen Schreibtisch rieselt.

Hell no!

Ich fass es nicht.

Der Steinzeit-Rechner hat den Ladevorgang abgebrochen.